PORTAKALI

ROMAN

Türkçesi
AYDIN EMEÇ

Resimler
JAYME CORTEZ

CAN YAYINLARI

JOSÉ MAURO DE VASCONCELOS'UN
CAN YAYINLARI'NDAKİ
ÖTEKİ KİTAPLARI

GÜNEŞİ UYANDIRALIM / *roman*
DELİFİŞEK / *roman*
ÇIPLAK SOKAK / *roman*
KARDEŞİM RÜZGÂR, KARDEŞİM DENİZ / *roman*
KAYIĞIM ROSİNHA / *roman*
KIRMIZI PAPAĞAN / *roman*
YABAN MUZU / *roman*

çocuk kitapları

HAYATIN O GÜZEL ŞARKISI
KRİSTAL YELKENLİ
JAPON SARAYI

José Mauro de Vasconcelos, 26 Şubat 1920'de, Rio de Janeiro yakınlarındaki Bangu'da doğdu. Yarı Kızılderili, yarı Portekizli yoksul bir ailenin on bir çocuğundan biriydi. Ailenin yoksulluğu nedeniyle, çocukluğunu Brezilya'nın kuzeydoğusundaki Natal kentinde, akrabalarının yanında geçirdi ve okumayı tek başına öğrendi. Resim, hukuk ve felsefe alanında öğrenim görmek istediyse de vazgeçti. Natal'da iki yıl tıp eğitimi aldı. Çeşitli işlerde çalıştı. Boks antrenörlüğü, muz taşıyıcılığı, gece kulübünde garsonluk, ırgatlık, balıkçılık yaptı. Bir süre Kızılderililer arasında yaşadı. 1942 yılında yazdığı ilk romanı *Yaban Muzu'yla* (Can Yayınları, 1984) eşine az rastlanır anlatıcılık yeteneğini ortaya koydu. Ardından *Şeker Portakalı* (Can Yayınları, 1983), *Güneşi Uyandıralım* (Can Yayınları, 1983), *Kayığım Rosinha* (Can Yayınları, 1983), *Kardeşim Rüzgâr Kardeşim Deniz* (Can Yayınları, 1985), *Delifişek* (Can Yayınları, 1993), *Çıplak Sokak* (Can Yayınları, 1994) gibi romanlarıyla ünü Brezilya sınırlarını aştı. Bugün yapıtları birçok ülkede büyük ilgiyle okunan yazar, 24 Temmuz 1984'te Sâo Paulo'da öldü.

Aydın Emeç, gazeteci-yazar, yayıncı ve çevirmen olarak Türk kültür hayatına önemli katkılarda bulundu. 1968'de Cengiz Tuncer'le birlikte kurduğu E Yayınları'nda günceli yakalayan ve geleneksel yayın anlayışını aşan çalışmalar gerçekleştirdi. Daha sonra Hür Yayın'ı yönetti ve 1982-1986 yılları arasında, Cumhuriyet gazetesi, kültür servisi şefliği yaptı. Mihail Bulgakov, İlya Ehrenburg, Nikos Kazancakis, Italo Calvino, Milan Kundera ve Vasconcelos gibi birçok büyük yazarın önemli yapıtlarını dilimize kazandıran Emeç, 24 Nisan 1986'da yaşamını yitirdi.

Yaşayanlar:
Mercedes Cruañes Rinaldi
Erich Gemeinder
Francisco Marins
ve
Helene Rudge Miller (Piu-piul)
ve 'oğlum'
Hernando Seplinksy
için
***

vede
Ciccillo Matarazzo
Arnaldo Magalháes de Giacomo
için
***

Ölülerime:
Kardeşim Luís, yani Kral Luís ve ablam Glória'mn
hüzünlü anısına;
Luís yirmi yaşında yaşamaktan vazgeçti,
Gloria da
yirmi dört yaşındayken
bu dünyanın
yaşamaya değmediğine
karar verdi.
Altı yaşıma
sevginin anlamını aşılayan
Manuel Valadares'e de,
özlem dolu yüreğimi sunuyorum.

- Huzur içinde yatsınlar!..

birde
Dorival Lourenço da Silva
(Dodo, ne *hüzün, ne tasa öldürür adamı!..)*

BİRİNCİ BÖLÜM

Günün birinde acıyı keşfeden
küçük bir çocuğun öyküsü

Nesneleri keşfederken

El ele, acele etmeden sokakta yürüyorduk. Totoca bana hayatı öğretiyordu. Ben de, ağabeyim elimden tuttuğu ve bana birtakım şeyler öğrettiği için durumumdan hoşnuttum. Nesneleri bana evin dışında öğretiyordu. Çünkü ben evde keşiflerimi tek başıma yaparak kendi kendimi eğitirken; yalnız olduğum için, yanılıyordum. Yanılınca da eninde sonunda hep dayak yiyordum. Önceleri kimse beni dövmezdi. Ama sonra her şeyi öğrendiler ve zamanlarını, benim bir şeytan, bir baş belası, lanet olasıca bir sokak kedisi olduğumu söyleyerek geçirmeye koyuldular. Buna aldırdığım yoktu. Sokakta olmasam şarkı bile söylemeye başlardım. Şarkı söylemek güzel şey. Totoca, şarkıdan başka bir şey daha biliyordu: ıslık çalmayı! Ama ben ne kadar uğraşırsam uğraşayım, ağzımdan ses çıkmıyordu. Totoca ıslığın tıpkı böyle çalındığını, ama şimdilik bir ıslıkçı ağzına sahip olmadığımı söyleyerek beni yüreklendirdi. Yüksek sesle şarkı söyleyemediğim için, şarkıları içimden söylüyordum. Garipti amâ, çok da hoş olabiliyordu. Pek küçükken annemin söylediği bir şarkıyı hatırlıyordum. Güneşten korunmak için başına sardığı bir atkıyla çamaşır teknesinin başındaydı. Beline bir önlük bağlamıştı ve orada saatler boyu, elleri suyun içinde, sabundan bol bol yaptığı köpüklerle oynar dururdu. Sonra çamaşırı sıkar, ipe kadar taşırdı. Bambulara bağlı olan ipe bütün çamaşırları asardı. Evin giderlerine yardım etmek için Dr. Faulhaber ailesinin çamaşırlarını yıkıyordu. Annem uzun boyluydu, zayıftı, ama çok güzeldi. Yanık nefis bir teni, siyah dümdüz saçları vardı. Çözüp koyverdiği zaman bu saçlar beline kadar inerdi. Şarkı söylemesi de çok güzeldi, öğrenmek için yanından ayrılmazdım.

Ey denizcim, denizcim
Senin için ah ederim,
Senin için, denizcim
Yarın ölür giderim...
Çok kabarmıştı deniz
Kumda koşuyordu dalgalar.
Yola çıktı denizcim
Çok sevdiğim denizcim...
Yazık, denizci aşkı
Yarım saati geçmez
Gemi demiri aldı
Denizcim uzaklaştı...
Çok kabarmıştı deniz...

O an bile bu şarkı, nedenini anlamadığım bir

hüzünle doldururdu içimi.

Totoca bana bir dirsek attı. Ayıldım.

"Nen var Zezé?"

"Hiç. Şarkı söylüyordum."

"Şarkı mı söylüyordun?"

"Evet."

"Öyleyse ben sağır olmalıyım."

İnsanın içinden de şarkı söyleyebildiğini bilmiyor muydu yoksa? Bir şey demedim. Bilmiyorsa bunu ona öğretmeyecektim.

Rio-Sào Paulo yolunun kıyısına varmıştık. Yoldan her şey geçiyordu: kamyonlar, otomobiller, at arabaları, bisikletler.

"Dikkat, Zezé! Bu diyeceğim çok önemli: Önce sağına, soluna bakacaksın. Sonra, haydi!"

Yolu koşarak geçtik.

"Korktun mu?"

Elbette korkmuştum, ama başımı hayır anlamında salladım.

"Bir kere daha birlikte karşıya geçeceğiz. Sonra öğrenip öğrenmediğine bakacağım."

Yeniden karşıya geçtik.

"Şimdi aynı şeyi tek başına yap bakalım."

Yüreğim daha hızlı çarptı.

"Sırasıdır, koş!" dedi ağabeyim.

Hemen hemen soluk almadan atıldım. Geçtiğim yerde biraz bekledim. Sonra bana geri dönme işaretini verdi.

"İlk sefer için çok iyiydi. Ama bir şey unuttun," dedi. "Araba gelip gelmediğini anlamak için iki yana da bakmalısın. Sana işaret vermek için her zaman burada olmayacağım. Dönüşte yine aynı şeye çalışırız. Şimdi yolumuza gidelim, sana bir şey göstermek istiyorum."

Elimi tuttu ve sakin sakin yolumuza devam ettik. Bir konuşma sırasında duyduklarım kafamı kurcalıyordu.

"Totoca!" dedim.

"Ne var?"

"Ergenlik çağı hissedilir mi?"

"Bu saçmalık da neyin nesi?"

"Edmundo Dayı söyledi. Yaşıma göre 'gelişmiş' olduğumu, yakında olgunluk çağına gireceğimi anlattı. Ama ben kendimde bir fark göremiyorum."

"Edmundo Dayı budalanın teki. Kafana abuk sabuk şeyler doldurmakla geçiriyor bütün vaktini."

"Budala değil o. Edmundo Dayı bir bilgin. Büyüdüğüm zaman bilgin ve şair olmak, kelebek boyunbağı takmak istiyorum. Kelebek boyunbağımla resim çektireceğim."

"Neden kelebek boyunbağı?"

"Çünkü insan kelebek boyunbağı olmadan şair olamaz. Edmundo Dayı bana dergilerdeki şair resimlerini gösterdi, hepsinin kelebek boyunbağı var."

"Zezé, onun her söylediğine inanmaktan vazgeç. Edmundo Dayı kafadan çatlağın biri; biraz da yalancı."

"Öyleyse, boktan herifin biri."

"Dinle! Sövdüğün için çok tokat yedin. Edmundo Dayı öylesi değil. Kafadan çatlak dedim yalnızca. Yani yan deli."

"Yalancı olduğunu da söyledin."

"Bu da başka bir şey."

"Değil. Geçen gün babam, Bay Severino'yla konuşuyordu, birlikte *escapa* ve dört kollu iskambil oynadıkları adamla. Bay Labonne'nin sözü geçince babam şöyle dedi: 'O moruk, boktan herifin biri, pis yalancının tekidir.' Böyle dediği için kimse babama vurmadı."

"Büyükler söyleyebilir, onlar için önemi yoktur."

Bir sessizlik oldu.

"Edmundo Dayı, şey... 'çatlak' tam olarak ne demektir Totoca?"

Totoca parmağını şakağına dayayıp çevirdi ve bu hareketiyle bana belli bir kavramı anlatmak istedi.

"Hayır, doğru değil. Çok iyidir o!" diye bağırdım. "Bana bir sürü şey öğretir o. Şimdiye kadar da topu topu bir kere dövdü, pek sert vurmadı ama."

Totoca yerinden sıçradı.

"Seni dövdü mü? Ne zaman?"

"Çok yaramazlık yaptım, bir gün, Glória da beni Dindinhalara yolladı. Edmundo Dayı gazetesini okumak istiyor, ama gözlüğünü bulamıyordu. Oflaya puflaya her yanda arıyordu. Dindinha'ya sordu, hava aldı tabii. Birlikte evin altını üstüne getirdiler. Bunun üzerine gözlüğün yerini bildiğimi, bilye almak için bana yirmi beş kuruş verirlerse göstereceğimi söyledim. Gidip yelek cebinden yirmi beş kuruş aldı. 'Getir gözlüğümü, parayı vereceğim,' dedi. Ben de gittim, kirli çamaşır sepetinden gözlüğünü çıkardım. Bunun üzerine beni azarladı: 'Yine mi sen sakladın, yumurcak!' dedi: Kıçıma bir şaplak indirdi, verdiği parayı da geri aldı."

Totoca güldü.

"Evde azarlanmamak için onlara gidiyorsun, orada da başına aynı şey geliyor. Çabuk olalım, yoksa hiç yetişemeyeceğiz."

Edmundo Dayı'yı düşünmeye devam ediyordum.

"Totoca, çocuklar emekli midirler?"

"Ne?"

"Edmundo Dayı hiçbir iş yapmıyor ama para alıyor. Yani çalışmıyor ama belediye ona her ay para ödüyor."

"Bunda şaşılacak ne var?"

"Çocuklar da bir şey yapmıyorlar; yemek yiyorlar, uyuyorlar, sonra da analarıyla babalarından para alıyorlar."

"Emeklilik başka şey, Zezé. İnsan çok çalıştığı, saçları bembeyaz olduğu, artık Edmundo Dayı gibi ağır ağır yürüdüğü zaman emekli olur. Ama çok karışık şeyler düşündük, yeter. Ondan bir şeyler öğrenmek istiyorsan yanına koş. Ama benimleyken hayır. Öbür çocuklar gibi ol. İstersen söv, yalnızca küçücük beynini karışık şeylerle doldurmaktan vazgeç. Yoksa, bir daha seninle gezmeye çıkmam."

Keyfim kaçmıştı, bir daha da canım konuşmak istemedi. Şarkı söylemek de istemiyordum. İçimde şarkı söyleyen kuşum havalanmıştı. Durmuştuk; Totoca bana bir ev gösteriyordu.

"Bak! Hoşuna gitti mi?" dedi.

Sıradan bir evdi. Mavi panjurlu beyaz bir ev. Her yanı kapalı ve sessizdi.

"Hoşuma gitti. Ama neden buraya taşınmamız gerekiyor?"

"Sık sık taşınmak iyidir."

Çitin ardından, bir yanda bir hintkirazı, öbür yanda bir demirhindi ağacı olduğu görülüyordu.

"Her şeyi öğrenmek isteyen sen, evdeki dramı fark etmedin mi?" dedi birden. "Babam işsiz, tamam mı? Altı aydan çok oluyor, Bay Scottfield'le kavga etti ve onu kovdular. Lalá'nın fabrikada çalışmaya başladığını görmedin mi? Annemin kente, İngiliz Değirmeni'nde çalışmaya gittiğini bilmiyor musun? Eh işte, küçük sersem, bunların hepsi para biriktirmek ve yeni evin kirasını ödemek için. Bütün bu acı şeyleri bilemeyecek kadar küçüksün. Ama benim de bundan böyle eve yardım etmek için ayinlerde çalışmam gerekecek."

Kısa süren bir sessizlik oldu.

"Totoca, kara panterle o iki aslanı buraya da getirecek miyiz?"

"Elbette. Kölenizin de kümesi sökmesi gerekecek."

Bana biraz acıma ve sevgiyle baktı.

"Hayvanat bahçesini söküp buraya kuracağım."

İçim rahatlamıştı. Çünkü, hayvanat bahçesi olmazsa, küçük kardeşim Luís'le oynamak için yeni bir şey keşfetmem gerekecekti.

"Dostun olduğumu gördün işte, Zezé. Şimdi 'bunu' nasıl başardığını bana anlatabilirsin sanırım..."

"Totoca, yemin ederim ki bilmiyorum. Gerçekten bilmiyorum."

"Yalan söylüyorsun. Birinden öğrendin."

"Hiçbir şey öğrenmedim. Kimse bana bir şey öğretmedi. Belki de şeytan ben uyurken öğretmiştir. Jandira, şeytanın vaftiz babam olduğunu söylüyor."

Totoca şaşkındı. Önceleri söylemem için başıma vurmuştu. Ama ona ne diyeceğimi bilmiyordum.

"Kimse böyle şeyleri tek başına öğrenemez," diyordu.

Yine de şaşkınlığı sürüyordu. Çünkü gerçekten hiç kimse o güne dek herhangi birinin bana bir şey öğrettiğini görmemişti. Bir sırdı bu. Sözgelişi:

Geçen hafta başımdan geçen bir olayı düşünüyordum yeniden. Bütün ailenin ağzı açık kalmıştı. Dindinhalarda, Edmundo Dayı'nın yanına gidip oturduğum sırada geçmişti olay. Edmundo Dayı gazete okuyordu.

"Dayıcık!" dedim.

"Ne var yavrum?"

"Okumayı nasıl öğrendiniz?"

Bütün büyüklerin yaşlandıkları zaman yaptığı gibi, gözlüğünü burnunun ucuna indirdi.

"Okumayı ne zaman öğrendiniz?" diye sorumu yineledim.

"Aşağı yukarı altı-yedi yaşındayken."

"İnsan beş yaşında da okuyabilir mi?"

"Okuyabilir elbette. Ama kimse o yaşta okumayı düşünmez, bu iş için çok küçük bir yaştır çünkü."

"Siz nasıl okuma öğrendiniz?"

"Herkes gibi, alfabeden. B ile A'yı birleştirip BA diyerek."

"Herkesin de böyle mi öğrenmesi gerekir?"

"Bildiğim kadarıyla evet."

"Ama herkesin de mi?"

Merakla beni süzdü.

"Dinle, Zezé! Herkesin böyle öğrenmesi gerekir, evet. Şimdi bırak da şu okuduğum şeyi bitireyim. Git bak bakalım, bahçede hintarmudu var mı?"

Gözlüğünü yukarı itti ve kendini yeniden okuduğu şeye vermeye çalıştı. Ama ben yerimden kımıldamadım.

"Ne acı!" diye bağırdım.

Bu çığlığı öylesine derinden çıkarmıştım ki gözlüğünü yeniden burnunun ucuna indirdi.

"Önemi yok, istediğin zaman..."

"Ben de size bir şey anlatmak için evden buraya kadar deli gibi koştum."

"İyi ya, anlat öyleyse."

"Hayır. Böyle anlatılmaz. Önce emekli maaşınızı

ne zaman alacağınızı bilmeliyim."

"Öbür gün."

Sevgiyle gülümsedi.

"Öbür gün ne?"

"Cuma."

"Öyleyse öbür gün, bana kentten bir 'Ayışığı' getirir misiniz?"

"Yavaş ol, Zezé! 'Ayışığı' da neymiş?"

"Sinemada gördüğüm küçük at. Terbiyecisi, Fred Thompson. Ayışığı, terbiye edilmiş bir attır."

"Yani sana tekerlekli bir at getirmemi mi istiyorsun?"

"Tahtadan başı ve dizginleri olan bir at istiyorum. Üzerine binilir ve 'dörtnal!..' Çok çalışmam gerek, çünkü ilerde filmlerde oynamak istiyorum."

Edmundo Dayı gülmesini sürdürdü.

"Anlıyorum. Atı sana getirirsem karşılığında bana ne vereceksin?"

"Sizin için bir şey yapacağım."

"Öpecek misin beni?"

"Öpücüğü pek sevmiyorum."

"'Cici, cici' mi yapacaksın?"

Bunun üzerine Edmundo Dayı'ya sonsuz bir acımayla baktım. Küçük kuşum o sırada bana alçak sesle bir şey söyledi. Şimdi sık sık işittiğim bir şeyi anımsamaya başlamıştım. Edmundo Dayım karısından ayrı yaşıyordu ve beş çocuğu vardı... O kadar yalnızdı, öyle yavaş yürüyordu ki... Belki çocuklarını çok özlediğinden bu kadar ağır hareket edebiliyor, diye düşündüm. Ve çocukları hiç onu görmeye geliniyorlardı.

Masanın çevresini dolandım, bütün gücümle boynunu kollarımla sıktım. Beyaz saçlarının hafiften başıma süründüğünü duydum.

"Bu, at için değil. Yapacağım şey başka. Okuyacağım!" dedim.

"Okuma biliyor musun Zezé? Bu da ne demek oluyor? Kim öğretti sana okumayı?"

"Hiç kimse."

"Bana palavra atıyorsun."

Yanından uzaklaştım ve kapının eşiğinden,

"Cuma günü bana küçük atımı getirin," dedim. "O zaman göreceksiniz okuma bilip bilmediğimi!"

Parayı ödemediğimiz için Elektrik Şirketi evin elektriğini kestiğinden, akşam hava kararıp da, Jandira gaz lambasını yaktığında, 'yıldız'ı görmek için ayaklarımın ucunda yükseldim. Kâğıt üzerine yapılmış bir yıldızdı bu. Altında da evi kem gözlerden korumak için bir dua vardı.

"Jandira, beni havaya kaldır, şu duayı okumak istiyorum," dedim.

"Bu kadar palavracı olma, Zezé. Çok işim var."

"Hadi, kaldır; göreceksin okuma bilip bilmediğimi."

"Dikkat et, Zezé! Bu yaptığın oyunsa görürsün gününü."

Beni kollarına aldı ve kapı çizgisinin üstüne kaldırdı.

"Hadi, oku! Görelim bakalım."

Ve okudum: Tanrı'dan evi kutsayıp korumasını, kötü ruhları uzaklaştırmasını dileyen duayı okudum.

Jandira beni yere bıraktı. Ağzı açık kalmıştı.

"Zezé, duayı ezberledin sen. Benimle alay ediyorsun."

"Yemin ederim ki hayır, Jandira. Her şeyi okuyabiliyorum."

"İnsan okuma öğrenmeden okuyamaz. Edmundo Dayı mı öğretti, Dindinha mı?"

"Hiç kimse."

Bir gazete yaprağı kapıp uzattı, okudum. Yanlışsız okudum. Bir çığlık attı ve Glória'yı çağırdı. Glória da heyecanlandı ve Alaíde'ye koştu. On dakika içinde bütün komşular başarımı görmeye gelmişlerdi.

Totoca'nın öğrenmek istediği şey de buydu.

"Sana okumayı Edmundo Dayı öğretti, iyi okuduğun zaman o da küçük atı alacağına söz verdi."

"Doğru değil bu, hayır."

"Ona soracağım."

"Sor. Nasıl olduğunu bilmiyorum, Totoca. Bilsem sana söylerdim."

"Peki, hadi gidelim. Göreceksin. Bir şey gereksindiğinde..."

Canı sıkkın bir durumda elime yapıştı ve beni dönüş yoluna doğru sürükledi. Aynı zamanda da Öç alır gibi bir şey söyledi:

"Oh olsun sana, küçük budala! Çok erken öğrendin çünkü. Şimdi bu yüzden şubatta okula başlaman gerekecek."

Ama bu, Jandira'nın düşüncesiydi. Böylece evde bütün sabah başını dinleyecek, ben de uslu durmayı öğrenecektim.

"Gidip, Rio-Sào Paulo yolunda çalışalım. Ders yılı boyunca emrinde olacağımı, seni karşıdan karşıya geçirmekle zamanımı harcayacağımı sanma. Bu kadar çok şey bildiğine göre, karşıdan karşıya geçmeyi de çabucak öğrenirsin."

* * *

"İşte küçük atın. Şimdi görelim bakalım," dedi

Edmundo Dayı.

Gazeteyi açtı ve bana bir ilaç reklamındaki cümleyi gösterdi.

"Bu ilaç, bütün *eczanelerde* ve ecza depolarında bulunur," diye okudum.

Edmundo Dayı gidip bahçeden Dindinha'yı çağırdı.

"Ana, *eczane'yi* bile yanlışsız okudu!" diye bağırdı.

Bunun üzerine, bana okunacak şeyler vermeye başladılar. Her verileni okuyordum. Anneannem homurdanarak, dünyanın sonunun geldiğini söyledi.

Küçük atımı aldım ve yeniden Edmundo Dayımın boynuna atıldım. O ara çenemi tuttu, titrek bir sesle şöyle dedi:

"Çok yükseleceksin, yumurcak. Adının José olması boşuna değil. Sen bir güneş olacaksın ve yıldızlar çevrende parlayacak."

Onun gerçekten kafadan kontak olduğunu düşünerek, yüzüne anlamadan baktım.

"Anlayamazsın," dedi. "Hazreti Yusuf'un Mısır'daki Hikâyesi bu. Büyüdüğünde anlatırım."

Hikâyelere bayılıyordum. Ne kadar karışık olursa o kadar seviyordum anlatılan hikâyeyi.

Küçük atımı uzun süre okşadım, sonra başımı Edmundo Dayıma çevirip sordum:

"Sizce, gelecek hafta büyümüş olur muyum?.."

Küçük bir şeker portakalı fidanı

Evde küçük çocukların her biri, küçük kardeşlerden biriyle ilgilenmek zorundaydı. Jandira, Glória'ya ve Kuzeyli bir ailenin yanına verilen başka bir ablama bakmıştı. Antonio onun gözbebeğiydi. Lalá'ysa, son zamanlara kadar benimle ilgilenmişti. Sever de görünüyordu beni. Ama zamanla ya bıktı, ya da şarkıda sözü edilen kişi gibi uzun pantolonlu, kısa ceketli kıl bir herif olan sevgilisi bütün zamanını doldurdu. Pazarları garın orada, *footing*[1] (sevgilisi böyle derdi) yapmaya gittiğimizde bana çok sevdiğim şekerlerden alırdı. Sus payıydı bu şekerler. Edmundo Dayıma bile bir şey soramazdım, o zaman her şey anlaşılırdı çünkü...

İki küçük kardeşim, daha bebekken ölmüştü ve

[1] *Footing:* (İng.) Yürüyüş. (Çev.)

onların yalnızca sözünün edildiğini işitmiştik. İki küçük Kızılderili oldukları söylenirdi. Simsiyah ve dimdik saçlarıyla koyu esmer iki Kızılderili. Bu nedenle kıza Aracy, erkeğe de Jurandyr adını takmışlardı.

Küçük kardeşim Luís en sonuncumuzdu. Onunla en çok Glória ilgilenirdi, sonra da ben. Ayrıca kimsenin onunla pek uğraşması da gerekmiyordu. Çünkü şimdiye kadar görülen en güzel, en tatlı ve en uslu çocuktu.

Bu yüzden her sözcüğü yanlışsız söyleyen incecik sesiyle dönüp bir şey dediğinde, artık sokağın dünyasına açılmaya hazırlanan ben, düşüncemi değiştirdim.

"Zezé, beni hayvanat bahçesine götürür müsün? Bugün yağmur yağmayacak gibi, değil mi?"

Ne tatlıydı, her şeyi yanılmadan söylüyordu. Bence bu küçük, büyüyünce önemli biri olacak ve hayatta çok yükselecekti.

Günlük güneşlik havaya baktım, gökyüzünde maviden başka renk yoktu. Yalan söyleme yürekliliğini kendimde bulamadım. Çünkü ara sıra, söylediğini yapmayı canım istemediğinde şöyle derdim:

"Deli misin, Luís! Fırtınanın yaklaştığını görmüyor musun?"

Bu sefer minicik elini tuttum, bahçede serüvene atıldık.

Alan, üç bölgeye ayrılıyordu: Hayvanat bahçesi, Bay Julinho'nun evinin bakımlı çitinin yakınında bulunan Avrupa. Neden Avrupa ama? Küçük kuşum bile bunun nedenini bilmiyordu. Bir de teleferik oyunu oynadığımız köşe. Düğme kutusunu alır, bir ucunu çite bağlardım, öbür ucunu Luís tutardı. Düğmelerin hepsini yukarı toplar ve yavaşça birer birer bırakırdık aşağı doğru. Her vagon tanınmış kişilerle dolu olarak inerdi yerine. İçlerinde kapkara bir tanesi vardı ki, zenci Biriquinho'nun arabasıydı bu. Zaman zaman, komşu bahçeden bir ses duyulurdu:

"Çitimi yıkmıyorsun ya, Zezé?"

"Hayır, Bayan Dimerinda. Bakabilirsiniz."

"Seni bu halinle seviyorum işte, küçük kardeşinle uslu uslu oynarken. Böylesi daha iyi değil mi?"

Belki böylesi daha iyiydi ama, 'Vaftiz Babam' şeytan, beni avcuna aldı mı, yaramazlık yapmaktan güzel şey olamazdı...

"Noel'de, bana geçen yılki gibi bir takvim verecek misiniz?"

"Geçen yıl verdiğimi ne yaptın?"

"İçeri girip bakabilirsiniz Bayan Dimerinda. Ekmek torbasının üzerinde asılı."

Güldü ve söz verdi. Kocası, Chico Franco'nun dükkânında çalışırdı.

Bir başka oyun da, Luciano'ydu. Başlangıçta Luís ondan çok korkar, pantolonuma asılıp eve dönmemizi isterdi. Ama Luciano dostumdu. Beni görünce tiz çığlıklar atmaya başlardı. Glória da onu hiç sevmiyordu. Yarasaların, çocukların kanını emen vampirler olduğunu söylerdi.

"Doğru değil bu, Godóia!" diyordum. "Luciano vampir değil, dostumdur. Beni tanıyor."

"Aman senin de şu hayvanlar ve nesnelerle konuşma merakın yok mu..."

Luciano'nun bir hayvan olmadığına onu inandırmakta epey güçlük çektim. Luciano, Campo dos Afonsos'da uçan bir uçaktı.

"İyi bak, Luís!" diyordum.

Ve Luciano, ne söylediğimizi anlamış gibi dönüp

durdu tepemizde.

"Bir uçak bu. Şey yapıyor..."

Derken, dilim tutuldu bir ara. Bu sözcüğü yinelemesini Edmundo Dayımdan rica etmem gerekecekti. Akorbasi miydi, akrobasi mi, yoksa arkobasi mi? Üçünden biriydi. Küçük kardeşime sözcükleri yanlış öğretmemeliydim!

Şimdi de hayvanat bahçesine gitmek istiyordu. Eski kümese yaklaşmıştık. İçerde iki beyaz piliç eşiniyordu. Yaşlı kara tavuk öylesine sakindi ki başını okşayabilirdik.

"Önce gidip bilet alalım," dedim. "Elini ver bana, bu insan bolluğunda kaybolabilirsin. Pazar günü ortalığın ne kadar kalabalık olduğunu görüyor musun?"

Bakıyor ve her yanda insanların kaynaştığını görmeye başlıyor, elimi daha güçlü sıkıyordu.

Gişenin önüne varınca göğsümü şişirdim, iyice soluklanabilmek için öksürdüm. Elimi cebime soktum ve gişedeki kadına sordum:

"Kaç yaşına kadar olan çocuklardan para alınıyor?"

"Beş yaşını geçenlerin hepsinden."

"Öyleyse bir bilet, lütfen."

Bilet niyetine iki portakal yaprağı aldım ve içeri girdik.

"Bak yavrum; önce kuşları göreceksin, birer harikadırlar. Şu rengârenk papağanlara, dudukuşlarına, aras'lara[1] bak. Binbir renkli tüyle kaplı olanları, ebemkuşağı rengindeki araslardır," diye anlatmaya başladım.

Luís, kendinden geçmiş, gözlerini açtıkça açıyordu.

---

[1] *Aras:* Çoğunlukla Güney Amerika'da görülen bir papağan türü. (Çev.)

Her şeye bakarak yavaş yavaş yürüyorduk. O kadar dikkatle bakıyordum ki, biraz ilerde, arkalıksız iskemlelere oturmuş, portakal soyan Glória'yla Lalá'yı gördüm. Lalá'nın üzerime dikilen gözleri bir garipti... Keşfetmişler miydi yoksa? Keşfetmemişlerse, bu hayvanat bahçesi gezisi birinin kıçına inecek terliklerle son bulacaktı. Bu biri de benden başkası olamazdı.

"Zezé, şimdi nereyi gezeceğiz?"

Yeni bir öksürük ve susma!

"Maymun kafeslerine geçeceğiz. Edmundo Dayı hep 'dörtelliler' der onlara."

Muz satın alıp hayvanlara attık. Bunun yasak olduğunu biliyorduk; ama ortalık öyle kalabalıktı ki, bakıcılar fark etmezdi nasılsa.

"Çok yaklaşma, maymunlar muz kabuklarını üzerine atacaklar, yavrum," dedim.

"Ben en çok aslanları görmek istiyorum."

"Oraya gidiyoruz."

Portakal emen iki 'dişi maymun'a göz attım. Aslanların bulunduğu kafesin oradan bile konuşmaları duyulabiliyordu.

"Geldik."

İki sarı aslanı ona gösterdim, gerçek Afrika aslanlarını. Luís, kara panterin başını okşamak istediğinde,

"Sakın ha, yavrum," diye uyardım onu. "Bu panter, hayvanat bahçesinin en korkutucu yaratığıdır. Yalnız burada, tam on sekiz hayvan terbiyecisinin kolunu koparıp yemiş."

Luís, dehşetle yüzünü buruşturdu ve hemen kolunu çekti.

"Sirkten mi geliyor?"

"Evet."

"Hangi sirkten, Zezé? Bana hiç anlatmamıştın bunu."

Düşündüm, düşündüm. Adı, bir sirk adına benzeyen kimi tanıyordum ki?

"Hah! Rozemberg sirkinden geliyor," dedim.

"İyi ama, orası firm değil mi?"

Onu birtakım şeylere inandırmak gitgide güçleşiyordu, çok kurnaz olmaya başlamıştı.

"Bu başka Rozemberg. Şimdi kahvaltı etmek için biraz oturmamız gerek, çok yürüdük."

Oturduk ve yemek yer gibi yaptık. Ama kulaklarımız kirişteydi. Ablalarımın konuşmalarını duyabiliyordum:

"Ondan örnek almak gerek, Lalá. Küçük kardeşine nasıl da davranıyor, bak!"

"Evet ama, çekilmez bir çocuk olmasına engel değil ki."

"Çok yaramaz olduğu kuşkusuz, ama yine de çok sevimli. Ne yaparsa yapsın, mahallede kimse ona kin beslemez."

"Bir tekme yemeden geçemez buradan. Bir gün anlayacak."

Glória'ya yalvaran bir bakış fırlattım. Beni her zaman kurtarırdı ve ben de hep, bir daha yapmayacağıma söz verirdim ona... Nitekim,

"Daha sonra," dedi. "Şimdi olmaz. Çok uslu oynuyorlar..."

Demek her şeyi biliyordu! Irmak boyunca yürüdüğümü ve Bayan Celina'nın bahçesine girdiğimi sözgelişi... Üzerinde asılı bir yığın kol ve bacağın rüzgârda sallandığı çamaşır ipiyle büyülenmiştim. Derken, şeytan, bir vuruşta bütün kol ve bacakları yere devirebileceğimi fısıldadı. Çok eğlenceli olacağını kabul edip ona hak verdim. Irmakta keskin bir cam parçası aradım, portakal ağacına tırmandım ve ipi sabırla kestim.

Her şeyin yere indiği an az kalsın ben de düşüyordum. Sonra bir çığlık yükseldi ve herkes koşuştu.

"Yardıma gelin, komşular, ip koptu!" diye bağırıyordu kadın.

Ama nereden geldiğini kestiremediğim bir başka ses, daha da güçle haykırdı:

"Bay Paulo'nun azgın oğlu yaptı bunu. Elinde bir cam parçasıyla portakal ağacına çıktığını gördüm."

"Zezé!" dedi kardeşim.

"Ne var, Luís?"

"Hayvanat bahçesiyle ilgili bu kadar çok şeyi nereden bildiğimi söyler misin?"

"Yaşadığım sürece çok hayvanat bahçesi gezdim."

Yalan atıyordum oysa. Bütün bildiklerimi Edmundo Dayım anlatmış, hatta bir gün hayvanat bahçesine götüreceğine söz bile vermişti. Ama öyle yavaş yürüyordu ki, birlikte gitsek oraya vardığımızda geç kalmış olacaktık. Totoca, bir kez babamla gitmişti.

"En sevdiğim de, Baron Drummond'un Vila Isabel'deki hayvanat bahçesi," diye ekledim. "Baron Drummond kimdi, biliyor musun? Hayır, elbette ki bilmiyorsun. Bunu bilemeyecek kadar küçüksün çünkü. Bu Baron, Tanrı'nın büyük dostu olmalıydı. Çünkü *jogo de bicho'yu,* hayvanların piyangosunu ve hayvanat bahçesini keşfetmesine Tanrı'nın yardım ettiği kişi oydu. Büyüdüğünde..."

İkisi de hâlâ oradaydılar.

"Büyüdüğünde, ne?.."

"Ah! Ne meraklı çocuksun. Büyüdüğünde, sana hayvanların adlarıyla numaralarını öğreteceğim. "Yirmiye kadar. Yirmiyle yirmi beş arasında inek, boğa, ayı, geyik ve kaplan olduğunu biliyorum. Sırayla bilmiyorum ama, sana yalan yanlış öğretmemek için öğreneceğim."

Oyundan sıkılmıştı.

"Zezé, bana *Casinha Pequenina'yı*[1] söylesene," dedi.

"Burada, hayvanat bahçesinde mi? Şu an çok kalabalık burası."

"Hayır. Herkes gidiyor baksana..."

"Sözleri çok uzun," diye ekledim. "Yalnız senin sevdiğin bölümü söyleyeceğim."

Bunun, ağustosböceklerinden söz eden bölüm olduğunu biliyordum. Başladım şarkıya:

Nereden gelirim, bilir misin nereden
Tek barınağını olan küçük kulübemden
Yanında elma biter;
Gösterişsiz kulübemden
Tünediği tepelerden
Altında deniz parlar...

Birkaç satır atladım.

Şirin palmiyeler arasında
Öter ağustosböcekleri
Güneş battığında
Kızıl ufuk görülür
Bahçede pınar çağlar
Pınarda da bir bülbül...

---

[1] *Casinha Pequenina:* Küçük kulübe. (Bir şarkı) (Çev.)

Sustum. Kararlı bir görünüşle beni bekliyorlardı. Ansızın aklıma bir şey geldi: Gece ininceye dek şarkı söylemeyi sürdürecektim. Bıkıp vazgeçeceklerdi sonunda.

Ama boşuna. *Casinha'yı* sonuna dek söyledim, yineledim. *Geçici aşkın için'i* ve *Ramona'yı* bile söyledim. *Ramona'nın* bildiğim iki değişik biçimini. O kadar. Bunun üzerine korkunç bir umutsuzluk kapladı içimi. En iyisi bu işi bir an önce bitirmekti. Ablalarıma doğru yürüdüm.

"Geldim Lalá. Beni dövebilirsin," dedim.

Arkamı döndüm ve hedefi ona sundum. Dişlerimi de sıktım, çünkü Lalá çok güçlü tekme atardı.

* * *

Annem akıl etti bunu:

"Bugün hepimiz evi görmeye gidiyoruz," dedi.

Totoca beni kenara çekti ve bir solukta uyardı:

"Evi daha önce gördüğünü söylersen seni boğarım."

Ben bunu düşünmemiştim bile.

Topluluk yola koyuldu. Glória elimden tutuyordu, beni bir an bile bırakmama emrini almıştı. Ben de Luís'in elini tutuyordum.

"Ne zaman taşınmamız gerekiyor anne?" diye sordu ablam.

Kadıncağız, Glória'ya üzgün bir tavırla karşılık verdi:

"Noel'den iki gün sonra pilimizi pırtımızı toplamamız gerekecek."

Alçak ama bitkin bir sesle konuşuyordu. Çok acıyordum ona. Annem hemen hemen doğduğu günden beri çalışmaktaydı. Altı yaşına geldiği sıralarda fabrika kurulunca onu işe sokmuşlar. Bir masaya oturtmuşlar; araçları temizleyip silmesi gerekiyormuş. Ama o kadar küçükmüş ki, tek başına aşağı inemediğinden, bulunduğu yerde altını ıslatıyormuş. Bu yüzden hiç okula gidememiş, okuma yazma öğrenememiş. Öyküsünü işittiğimde öylesine üzülmüştüm ki, şair ve bilgin olduğum zaman ona şiirlerimi okuyacağıma söz verdim.

Ve Noel, dükkânlarda, vitrinlerde, yaklaştığını belli ediyordu. Bütün vitrinlere Noel Baba resimleri çizilmişti. İnsanlar son anda mağazalara doluşarak birbirlerini itip kakmamak için Yılbaşı kartlarını şimdiden satın alıyorlardı. Ben gizliden gizliye, küçük İsa'nın bu kez doğacağını, benim için gerçekten doğacağını umuyordum. Olgunluk çağına geldiğimde, belki biraz düzelirdim.

"Burası!" dedi biri.

Herkes çok sevinmişti. Ev, ötekinden biraz daha küçüktü. Totoca'nın yardımıyla, kapıyı tutan teli çözdü annem ve saldırı başladı: Glória elimi bırakmıştı. Bir genç kız olduğunu unutmuş gibiydi. Koşmaya başladı, hintkirazı ağacına sarıldı.

"Hintkirazı benim. Önce ben dokundum ona."

Antonio, aynı şeyi demirhindiye yaptı.

Bana bir şey kalmıyordu. Gözlerim neredeyse yaşlı, Glória'ya baktım.

"Ya ben, Godóia?"

"Arka tarafa koş. Başka ağaçlar da olmalı, sersem!"

Koştum, ama yüksek otlardan, yaşlı ve diken dolu birkaç portakal ağacından başka şey bulamadım. Irmağın kıyısında da küçük bir şekerportakalı fidanı vardı.

Üzgündüm. Ötekiler evi gezmekle meşguldüler

ve hangi odanın kime ayrılacağına karar veriyorlardı.

Glória'nın eteğine yapışıp çektim.

"Hiçbir şey yok."

"Gerektiği gibi aramayı bilmiyorsun. Dur, ben sana bir ağaç bulacağım."

Hemen benimle geldi. Portakal ağaçlarını inceledi.

"Şunu sevmiyor musun? Bak, ne güzel bir portakal ağacı."

Ama ben hiçbirini sevmiyordum. Ne bunu, ne öbürünü, hiçbirini. Çok dikenliydiler.

"Bu çirkin şeylerin yerine ben şekerportakalı fidanını yeğlerim."

"Nerede?"

Gösterdim.

"Ah! Ne güzel bir şekerportakalı fidanı!" diye bağırdı. "Bak, bir tane bile dikeni yok. Hem de öyle kişilik sahibi ki, uzaktan bile şekerportakalı fidanı olduğu anlaşılıyor. Senin boyunda olsam başka şey istemezdim."

"Ama ben büyük bir ağaç istiyordum."

"Düşün, Zezé! Daha çok genç. Seninle birlikte büyüyecek. Günün birinde büyük bir portakal ağacı olacak. İkiniz, iki kardeş gibi birbirinizi anlayacaksınız. Şu dalı gördün mü? Fidanın tek dalı olduğu gerçek, ama sanki sırtına binmen için özel olarak yapılmış küçük bir at."

Kendimi yeryüzünün en talihsiz kişisi sayıyordum. Üzerinde İskoç meleklerinin resimleri bulanan likör şişelerini anımsıyorum. İçlerinden biri için 'Bu benim,' demişti Lalá. Glória bir başkasını göstermişti. Totoca bir üçüncüyü kendine ayırmıştı. Ya ben?.. Bana kala kala o en arkadaki, neredeyse kanatsız olan kalmıştı. Görüntüsü bile olmayan dördüncü İskoç meleği... Evet, ben hep sonuncuydum. Büyüdüğüm zaman görecekti onlar. Amazon yöresinde bir orman satın alacaktım, gökyüzüne değen bütün ağaçlar benim olacaktı. Üzerinde yığınla melek bulunan bir mağaza dolusu şişe satın alacaktım, kimseye bir kanat ucu bile vermeyecektim.

Somurtuyordum. Yere oturdum ve olanca keyifsizliğimle, şekerportakalı fidanına yaslandım. Glória gülümseyerek uzaklaşırken:

"Bu suratsızlık uzun sürmeyecek, Zezé. Sonunda haklı olduğumu anlayacaksın," dedi.

Bir tahta parçasıyla toprağı eşeliyor ve burun çekmeye başlıyordum. Yüreğimin yakınında, nereden geldiğini anlamadığım bir ses işittim:

"Ablanı haklı buluyorum!"

"Herkes her zaman haklı. Bense, hiçbir zaman."

"Doğru değil. Bana iyi baksan bunu keşfedersin."

Ürküp başımı kaldırdım ve fidanı süzdüm. Garipti, çünkü ben herkesle her zaman konuşurdum. Ama yanıt verme işini içimdeki kuşun yüklendiğini düşünürdüm.

"Sen gerçekten mi konuşuyorsun?" diye sordum.

"Sesimi işitmedin mi?"

Ve hafiften gülmeye koyuldu. Az kalsın, haykırarak bahçeye kaçacaktım. Ama merak beni orada tutuyordu.

"Nerenle konuşuyorsun?" dedim.

"Ağaçlar aynı anda her yanlarıyla konuşurlar. Yapraklar, dallar ve kökleriyle birlikte. Görmek ister misin? Kulağını gövdeme daya, kalbimin atışını dinle."

Pek karar veremiyordum, ama boyunun küçüklüğüne bakınca korkum geçti. Kulağımı dayadım: İçerde, bir şey 'tik... tak... tik... tak...' ediyordu.

"Gördün mü?" dedi hemen.

"Bana bir şey söyle," diye fısıldadım. "Konuştuğunu başkaları da biliyor mu?"

"Hayır. Yalnız sen biliyorsun?"

"Doğru mu bu?"

"Yemin edebilirim. Bir peri, senin gibi küçük bir çocukla dost olduğum gün konuşmaya başlayacağımı ve çok mutlu olacağımı söyledi bana."

"Bekleyecek misin?"

"Neyi bekleyecek miyim?"

"Taşınmamı. Daha buraya gelmek için bir haftadan çok var. Bu süre içinde nasıl konuşulduğunu unutmayacaksın, değil mi?"

"Bir daha hiç unutmayacağım. Yani yalnızca seninle. Ne kadar iyi bir yastık olduğumu görmek ister misin?"

"Nasıl olduğunu?.."

"Çık dalıma!"

Dediğini yaptım.

"Şimdi sallan ve gözlerini kapa."

Söylediklerini yerine getirdim.

"Rahat mısın? Hayatında hiç bu kadar iyi bir atın oldu mu?"

"Olmadı. Büyük bir zevk verdin bana. Ben de öteki atım 'Ayışığı'nı küçük kardeşime verebilirim. Biliyor musun onu da, yani küçük kardeşimi de çok seveceksin."

Aşağı indim, şekerportakalı fidanıma bayılıyordum.

"Dinle, bir şey yapacağım," dedim. "Taşınmamızdan önce de, fırsat buldukça gelip seninle gevezelik edeceğim... Şimdi gitmem gerekiyor, bizimkiler yola çıkmak üzere."

"Ama insan bir dosttan böyle ayrılmaz."

"Şşşt! Ablam geliyor!"

Glória, tam fidanı kollarımın arasında sıkarken geldi.

"Hoşçakal, dostum. Sen yeryüzünün en güzel varlığısın!"

"Söylememiş miydim?" dedi ablam.

"Evet, doğru. Şimdi, ağacıma karşılık bana hintkirazını ya da demirhindiyi verseniz de istemem."

Glória elini sevgiyle saçlarımda gezdirdi.

"Ah! Bu minicik beyin, bu minicik beyin!.." diye mırıldandı.

El ele tutuşup yola koyulduk.

"Godóia, şu senin hintkirazını biraz budala bulmuyor musun?"

"Şimdiden pek bilemem, ama görünüşü biraz öyle."

"Ya Totoca'nın demirhindisi?"

"Biraz kaba saba, neden sordun?"

"Sana şimdiden, gerçeği söyleyip söylemeyeceğimi bilmiyorum. Ama bir gün herhalde bir mucizeyi anlatacağım, Godóia."

Yoksulluğun cılız parmakları

Sorunu Edmundo Dayı'ya açtığım zaman üzerinde ciddi ciddi düşündü.

"Demek kafanı kurcalayan bu!" dedi.

"Evet, efendim. Ev değiştirdiğimizde, Luciano' nun bizimle gelmemesinden korkuyorum."

"Bu yarasanın seni çok sevdiğine inanıyor musun?"

"Evet, seviyor."

'•Yürekten mi?"

"Bundan hiç kuşkum yok."

"Öyleyse arkandan geleceğine de inan. Ortaya çıkmakta gecikebilir. Yine de bir gün seni kesinlikle bulacaktır."

"Oturacağımız yerin sokak adını ve numarasını ona şimdiden söyledim."

"İyi, öyleyse iş daha kolaylaştı demektir. Başka

bağlantıları olduğu için kendisi gelemezse, sana bir kardeşini, bir yeğenini, ailesinden başka birini yollar ve sen bunun farkına bile varamazsın."

"Vine de, kafam hâlâ aynı şeyle doluydu. Okuma bilmediğine göre, Luciano'ya ev numarasını ve sokak adını vermek neye yarayacaktı? Ama belki de kuşlara, uçuçböceklerine, kelebeklere sorabilirdi.

"Merak etme, Zezé," dedi Edmundo Dayı. "Yarasalarda yön bulma yeteneği vardır."

"Ne vardır dediniz, Dayıcığım?"

Yön bulma yeteneğinin ne olduğunu anlattı bana ve bilginliğine bir kez daha hayran kaldım.

Sorunum böylelikle çözümlenince, bizi bekleyen sonu, yani taşınma işini herkese anlatmak için sokağa fırladım. Büyüklerin çoğunluğu neşeli bir sesle şöyle diyordu bana:

"Taşınıyor musunuz, Zezé? Ah, ne iyi!.. Ne güzel!.. Ne talih bu!.."

Şaşırmayan tek kişi, Biriquinho oldu.

"O sokağa taşınmanız, buraya yakın olduğu için bir talih. Ama sana sözünü ettiğim hikâye ne olacak?"

"Ne zaman?"

"Yarın saat sekizde, Bangu Gazinosu'nun kapısında! Fabrika sahibinin bir kamyon oyuncak ısmarladığını söylediler. Gelecek misin?"

"Evet. Luís'i de getireceğim. Sence, bu işten bana da bir şey düşer mi?"

"Elbette. Sümüklünün tekisin. Kendini koca adam mı sandın?"

Yanıma yaklaştı ve o zaman daha küçük olduğumu fark ettim. Sandığımdan da küçük.

"Peki, ya aksi bir şey olursa... Ama şimdi biraz işim var, kalamayacağım. Yarın orada buluşuruz."

Eve döndüm ve Glória'nin çevresinde dönmeye koyuldum.

"Ne var, küçük?" dedi.

"Sen bizi oraya kadar götürebilirsin. Kentten, ağzına kadar oyuncak dolu bir kamyon gelecek."

"Dinle, Zezé! Yığınla işim var. Ütü yapmam, taşınma hazırlıkları için Jandira'ya yardım etmem gerek. Mutfağa da gözkulak olmalıyım, ateşin üzerine..."

"Ama sürüyle Realengo askeri okulu öğrencisi de gelecek."

Rudy dediği ve fotoğraflarını bir defterin yaprakları arasında biriktirdiği Rudolf Valentino'ya düşkünlüğünden başka, askeri okul öğrencilerine bayılıyordu.

"Sen hiç sabahın sekizinde askeri okul öğrencisi gördün mü? Beni aptal mı sanıyorsun, yumurcak. Hadi bakalım, git de oyna!"

Ama hiçbir yere gitmedim.

"Biliyor musun, Godóia," diye direttim üstelik, "kendim için pek istemiyorum ama, Luís'e söz verdim, götürme konusunda. Daha çok küçük, onun yaşında çocuklar da Noel'den başka bir şey düşünmez."

"Zezé, gelmeyeceğimi söyledim sana. Bütün bunlar masal, asıl gitmek isteyen sensin. Oysa, Noel armağanı almak için hayatta bol bol zamanın olacak..."

"Ya ölürsem?.. Bu yıl Noel armağanı almadan ölmüş olurum."

"O kadar çabuk ölmezsin, dostum. Edmundo Dayı'dan ya da Bay Benedito'dan iki kat fazla yaşayacaksın. Artık yeter, git oyna."

Yine bir yere gitmedim. Her an bana toslamasına yol açacak biçimde durdum. Çamaşırlıktan su almaya gidiyordu, ben de kapının eşiğine oturmuş ona bakıyordum...

Sonunda dayanamadı:

"Yeter, Zezé! Sana hayır dedim, hayır. Tanrı aşkına sabrımı taşırma. Git de oyna!"

Ve ben bir yere gitmedim. Yani gitmemeyi istiyordum. Çünkü istemediğim halde beni yakaladı, kapının dışına taşıdı ve bahçeye bıraktı. Sonra eve girdi, mutfak kapısıyla oturma odasının kapısını kapadı. Yine de pes etmedim. Sırasıyla, önünden geçmesi gereken bütün pencerelerin yanına oturdum. Çünkü şimdi evi temizlemeye ve yatakları yapmaya başlamıştı. Nereye dönse karşısına ben çıkıyordum. O da pencereyi kapıyordu. Sonunda beni hiç görmemek için evin her yanını kapadı.

"Pis şeytan! Çipil, kırmızı göz! Hiçbir zaman bir askeri okul öğrencisiyle evlenemeyeceksin, oh olsun! Postallarını boyayacağın meteliksiz erin tekiyle evleneceksin işte. Oh canıma değsin!" diye bağırdım.

Ama, gerçekten boşuna çene yorduğumu görünce canımdan iyice bezip oradan ayrıldım ve yine sokağın dünyasına daldım.

O sırada, kendi kendine bir şeyle oynayan Nardinho'yu keşfettim. Diz çökmüştü, büyük bir dikkatle bir yere bakıyordu. Yanına yaklaştım. Kibrit kutusundan küçük bir araba yapmış ve sürücü yerine bir donuzlan böceği koşmuştu. Hiç bu kadar büyüğünü görmemiştim.

"Vay canına!.." dedim.

"Kocaman, değil mi?"

"Değiş-tokuş eder misin?"

"Neyle?"

"Resim istersen..."

"Kaç tane?"

"İki."

"Pışıık. Böyle bir böceğe iki resim, ha!.."

"Edmundo Dayımın evinin arkası bunun gibi büyük böceklerle dolu."

"Üç resme değişirim."

"Üç resim veririm, ama seçemezsin."

"Öyleyse olmaz. Hiç değilse ikisini seçmeliyim."

"Kabul."

Bende iki tane olan Laura La Planta'nın resmini verdim ona. Hoot Gibson'ın resmiyle Patsy Ruth Miller'inkini de o seçti. Böceği aldım, cebime attım, oradan uzaklaştım.

* * *

"Çabuk, Luís! Glória ekmek almaya gitti, Jandira da salıncaklı koltukta okuyor."

İyice eğilip bükülüp kendimizi gizleyerek koridordan çıktık ve onun, tuvalete gitmesine yardım ettim.

"İyi yap, gündüz sokakta aynı işi yapmak yasak."

Sonra çamaşırlıkta yüzünü yıkadım. Kendi yüzümü de yıkadım ve odaya döndük.

Gürültü etmeden onu giydirdim. Minik pabuçlarını ayaklarına geçirdim. Ne rezaletti şu çorap sorunu. İşleri karıştırmaktan başka şeye yaramıyordu. Minik mavi giysisini ilikledim ve tarağı elime aldım. Ama saçları yatmak bilmiyordu. Bir şey bulmam gerekliydi. Hiçbir yerde de böyle bir çare görünmüyordu. Ne zeytinyağı, ne briyantin vardı. Mutfağa gittim ve parmaklarımın ucunda biraz domuz yağıyla geri döndüm. Bunu avcuma yayıp kokladım:

"Kötü kokmuyor," dedim.

Sonra Luís'in saçlarını bu yağa bulayıp taradım: Şimdi saçları gerçekten iyi olmuştu, bütün o güzel perçemleriyle, omuzlarında bir kuzu taşıyan Aziz Jean'a benzemişti.

"Yerinden kıpırdama. Şimdi de ben giyineceğim," dedim.

Pantolonumu ve beyaz gömleğimi giyerken kardeşime bakıyordum. Ne kadar güzeldi! Bangu'da ondan güzel biri daha yoktu. Gelecek yıl okula gidinceye kadar dayanması gereken lastik pabuçlarımı giydim. Luís'e bakmayı sürdürdüm.

Bu güzellik ve şıklıkla, biraz daha büyük durumdaki Küçük İsa sanılabilirdi. Yığınla armağan alacaktı, kuşkum yoktu bundan. Onu gördüklerinde...

Ansızın ürperdim. Glória eve dönmüştü, ekmeği masanın üzerine koyuyordu. Kâğıt, evde ekmek bulunduğu günlerin o tatlı hışırtısını çıkarıyordu. El ele tutuşarak dışarı çıktık ve önünde dikildik.

"Çok şeker oldu, değil mi Godóia? Onu ben giydirdim."

Kızacak yerde, kapıya yaslandı ve havalara baktı. Başım eğdiğinde gözleri yaşlarla doluydu.

"Sen de çok şekersin. Ah! Zezé!.."

Diz çöktü ve başımı göğsünde sıktı.

"Tanrım! Neden hayat bazıları için bu kadar zor?.."

Kendini tuttu, sonra üstümüzü başımızı biraz düzeltti.

"Sizinle gelemeyeceğimi söyledim. Gerçekten gelemem Zezé. Yapacak çok işim var. Ben şimdi işlerimi düşünürken birlikte bir kahve içeriz. Bunun dışında istesem de hazırlanacak zaman bulamam..."

Maşrapalarımıza kahve doldurdu, ekmeği kesti. Bize hüzünle bakmaya devam ediyordu.

"İçi geçmiş birkaç kötü oyuncak için bunca çaba!" dedi. "Elbette ki, yaşayan bütün yoksullara çok güzel şeyler de veremezler."

Bir süre sustu ve devam etti:

"Bir şeyler elde etmek için belki de tek fırsat bu. Gitmenize engel olmayacağım. Ama, Tanrım! O kadar küçüksünüz ki..."

"Ona çok dikkat edeceğim," dedim. "Hiç elini bırakmayacağım, Godóia. Rio-Sào Paulo yolunu geçmek zorunda da değiliz."

"Her şeye karşın tehlikeli."

"Hayır, inan ki değil. Hem sonra, bende yön bulma yeteneği var."

Üzüntüsü olduğu halde güldü.

"Bunu da kim öğretti?"

"Edmundo Dayı. Luciano'da da yön bulma yeteneği var, dedi. Benden küçük olan Luciano'da varsa bende de var demektir..."

"Jandira'ya sözünü edeceğim."

"Boşuna zaman kaybı bu. İzin verecektir. Jandira zamanını nasıl olsa roman okumak ve sevgililerini düşünmekle geçiriyor. Onun için bir şey fark etmez."

"Bakın ne yapacağız şimdi: Kahvemizi bitireceğiz ve kapıya çıkacağız. Tanıdığımız ve o yana giden biri geçerse sizi de götürmesini rica edeceğim."

Bir an önce gitmek için ekmek yemek istemedim. Kapıya yürüdük.

Zamandan başka geçen yoktu. Ama sonunda biri geçti. Postacı Bay Paixáo karşıdan geliyordu. Glória'ya günaydın dedi ve kasketini çıkardı, bizimle gitmeyi de kabul etti.

Glória, Luís'le birlikte beni de öptü. Duygulu bir sesle ve gülümseyerek sordu:

"Ya şu er ve postal hikâyesi ne olacak?.."

"Doğru değildi söylediklerim. İnanmıyordum aslında. Omuzları yıldızlarla dolu bir uçak pilotuyla evleneceksin."

"Neden Totoca'yla gitmiyorsunuz?"

"Totoca gelmeyeceğini söyledi. Hem de 'yük' taşıma heveslisi değilmiş."

Yola çıktık. Bay Paixáo evlere mektup dağıtırken önden yürümemizi söyledi. Arada bir adımlarını sıklaştırıyor ve bize yetişiyordu. Sonra yine mektup için bir yerde duraklıyor, bize yetişiyor, böylece ilerliyorduk. Rio-Sào Paulo yoluna vardığımızda güldü ve:

"Çocuklar, acelem var," dedi. "İşimi aksatıyorsunuz. Şimdi siz benden ayrılıp gidin, hiçbir tehlike yok."

Mektup ve kâğıt destelerini koltuğunun altına sıkıştırıp aceleyle uzaklaştı.

Bir çeşit isyanla düşündüm:

"Ödlek! Glória'ya, bize gözkulak olacağına söz verdikten sonra, iki küçük çocuğu yol ortasına böylece bırakmak olacak şey miydi?"

Luís'in minik elini avcumda iyice sıkıp yürümeye devam ettim. Luís yorgunluk belirtileri göstermeye başlıyordu. Gitgide yavaşlamaktaydı.

"Dayan, Luís" dedim. "Çok yaklaştık. İleride bir sürü oyuncak bizi bekliyor." Böyle dedikçe biraz daha hızlı yürüyor ve yeniden ayaklarını sürümeye başlıyordu.

"Zezé, yoruldum," dedi sonunda.

"Seni biraz kucağımda taşırım, ister misin?"

Kollarını uzattı ve gerçekten de onu bir süre taşıdım. Ama!.. Kurşun gibi ağırdı. 'Gelişim' Sokağı'na vardığımızda nasıl kesik kesik soluduğum görülmeye değerdi doğrusu.

"Şimdi biraz yürüyeceksin," deyip bıraktım.

Kilisenin saati sekizi çaldı o sıra.

"Sekiz oldu," dedim. "Yedi buçukta orada bulunmamız gerekiyordu. Ama önemi yok. Nasılsa, bir sürü insan gelecek ve yine de oyuncak artacak. Bir kamyon dolusu oyuncak var."

"Zezé, ayağım acıyor!"

Eğildim.

"Bağcıkları biraz gevşetirim, rahat edersin."

Gitgide yavaşlıyordu. Çarşıya hiç varamayacakmışız gibi geliyordu bana. Üstelik çarşıdan sonra ilkokulu geçmek ve sağa, Bangu Gazinosu'nun sokağına sapmak gerekiyordu. En kötüsü de, zamanın sanki isteyerek kanatlanıp uçmasıydı.

Yorgunluktan bitkin durumda vardık oraya. Kimseler görünmüyordu. Oyuncak dağıtımından da hiçbir iz yoktu. Hayır, vardı! Oyuncaklar dağıtılmıştı aslında. Çünkü sokak buruşmuş ipek kâğıtlarıyla doluydu. Yer renk renk, yırtık pırtık kâğıt parçalarıyla kaplanmıştı.

İçin için kuşkulanmaya başladım.

Gazinonun önündeydik ve Bay Coquinho kapıları kapatıyordu.

Soluk soluğa, kapıcıya sordum:

"Bay Coquinho, oyuncak dağıtımı bitti mi?"

"Hepsi bitti, Zezé. Çok geç kaldınız. Burası saldırıya uğradı sanki." İyilikle gülümsedi. "Hiçbir şey kalmadı. Yeğenlerime bile," diye ekledi ve kapıyı sımsıkı kapatıp sokağa çıktı.

"Gelecek yıl daha erken gelmelisiniz, küçük uykucular."

"Önemi yok."

Tam tersine, çok önemliydi. Öyle üzgündüm ki, o kadar büyük bir hayal kırıklığına uğramıştım ki, o an ölmeyi istedim.

"Gidip şuraya oturalım. Biraz dinlenmemiz gerekiyor," dedim.

"Susadım, Zezé."

"Bay Rozemberg'in önünden geçerken bir bardak su isteriz. İkimize de yeter."

Ancak o zaman durumun bütün acılığını kavradı. Bir şey söylemedi. Ağzını büzüp gözlerinde uçsuz bucaksız bir anlamla bana baktı.

"Önemi yok, Luís," dedim. "Küçük atım Ayışığı'nı biliyorsun ya! Totoca'dan sopasını değiştirmesini isteyeceğim ve onu sana Noel Baba'nın armağanı olarak vereceğim."

Ama o hıçkırıklara boğuldu.

"Hayır, yapma bunu!" diye bağırdım. "Sen bir kralsın. Babam, kral adı olduğu için sana Luís adını verdiğini söyledi. Bir kral da sokakta, herkesin önünde ağlayamaz, biliyor musun?"

Başını göğsüme yasladım ve kıvırcık saçlarını okşadım.

"Büyüdüğümde, Bay Manuel Valadares'in otomobili gibi bir otomobil alacağım. Onu tanıyor musun? Portekizli hani! *Mangaratiba'ya*[1] günaydın dediğimiz gün, garda önümüzden geçen... İşte onunki gibi kocaman bir otomobil alacağım. İçi armağan dolu olacak. Yalnızca senin için... Ama ağlama, bir kral ağlamaz."

Sözcükler sanki göğsümden sınırsız bir umutsuzlukla çıkıp patlıyordu:

---

[1] *Mangaratiba:* O yörede çalışan tren. (Çev.)

"Yemin ediyorum ki alacağım o otomobili. Gerekirse adam öldüreceğim, çalacağım."

İçimde konuşan küçük kuşum değildi: Yüreğim olmalıydı bu.

Evet, yapacaktım bunu. Küçük İsa beni neden sevmiyordu? O ki, doğduğu ahırda bulunan öküzü ve eşeği bile sevmişti. Ama beni, hayır. Belki de, şeytanın vaftiz çocuğu olduğum için benden öç alıyordu. Ama Luís hak etmişti bunu, çünkü o bir melekti. Gökyüzünün melekleri ondan daha tatlı olamazlardı...

Ve gözyaşlarım acınacak bir biçimde akmaya başladı.

"Zezé, ağlıyorsun..."

"Geçer. Nasılsa ben, senin gibi bir kral değilim. İşte yaramazın tekiyim. Çok kötü bir çocuğum, evet; çok kötü bir çocuk... Başka bir şey değil."

* * *

"Totoca, yeni eve uğradın mı?"

"Hayır. Ya sen?"

"Fırsat buldukça gidiyorum. Minguinho'nun iyi olup olmadığını öğrenmek için."

Güldü ve Ayışığı'nın yeni gövdesi olması gereken sopayı yontmayı sürdürdü.

"Minguinho da neyin nesi?"

"Benim şekerportakalı fidanım."

"Ona çok uygun bir ad bulmuşsun. Kendine böyle işler bulmakta üstüne yoktur. İyi mi bakalım?"

"Hiç büyümemiş."

"Vaktini ona bakmakla geçirirsen büyümez bu gidişle. Bu haliyle hoşuna gidiyor mu? Onu böyle mi istiyordun?"

"Evet. Totoca, sen nasıl oluyor da her şeyi yapabiliyorsun? Bunu söyler misin? Kuş kafesi yapıyorsun, kümes, arı kovanı, çit, tahtaperde... Bunları hep beceriyorsun."

"Çünkü herkes kelebek boyunbağlı bir şair olmak için doğmadı. Ama istersen sen de öğrenebilirsin."

"Hayır, sanmıyorum. İnsanda böyle şeylere doğuştan 'yatkınlık' olmalı."

Bir an durdu ve Edmundo Dayı'nın bu yeni buluşu karşısında yarı öfkeyle, yarı güler yüzle baktı.

Dindinha mutfaktaydı. Bayat ekmekleri şaraba batırıp yağda kızartmaya gelmişti. Noel gecesinin tek yemeğiydi bu.

"Bak," dedim Totoca'ya. "Bu kadarını bile bulamayanlar var. Şarabın ve yarın öğle yemeğinde yapılacak salata için meyvelerin parasını Edmundo Dayı verdi."

Totoca, elindeki işi karşılıksız yapıyordu, çünkü Bangu Gazinosu hikâyesini öğrenmişti. Hiç değilse, Luís'in bir oyuncağı olacaktı. Eski, yıpranmış bir şeydi ama, yine de çok güzeldi ve ben onu çok seviyordum.

"Totoca!" dedim.

"Evet?"

"Noel'de bize hiç, ama hiçbir yerden armağan gelmeyecek mi sence?"

"Sanmıyorum, gelmez!"

"Ciddi konuş, ben herkesin söylediği kadar kötü ve sersem miyim?"

"Kötü değilsin. Ama içine şeytan girmiş senin."

"Noel günü geldiğinde şu şeytandan kurtulmayı çok isterdim! Ölmeden önce, hayatımda hiç değilse bir kez, küçük şeytanın yerine küçük İsa'nın benim için doğmasını isterdim doğrusu."

"Belki gelecek yıl olur... Neden benim gibi yapmayı öğrenmiyorsun?"

"Sen ne yapıyorsun ki?"

"Kimseden hiçbir şey beklemiyorum. Böylece hayal kırıklığına da uğramamış oluyorum. Hem, küçük İsa herkesin söylediği, papazın ve din dersi kitaplarının anlattığı kadar iyi değil..."

Sustu, düşündüklerinin gerisini söyleyip söylememekte kararsızca bekledi.

"Evet, nasıl küçük İsa?" diye üsteledim.

"Bak, diyelim ki sen çok yaramazlık yaptın, hiçbir şey hak etmedin. Ya Luís ne yaptı?.."

"O bir melek."

"Ya Glória?"

"O da."

"Ya ben?.."

"Bak, sen... ara sıra sen... sen... benim bazı şeylerimi yürütüyorsun, ama yine de çok iyisin."

"Ya Lalá?"

"Çok kötü dövüyor, ama o da iyidir. Bir gün kelebek boyunbağımı dikecek."

"Ya Jandira?"

"Jandira şöyle böyle, ama kötü değil."

"Ya annem?"

"Annem çok iyi, beni dövmenin onu çok üzdüğünü biliyorum. Hiçbir zaman bütün gücüyle vurmuyor."

"Ya babam?"

"Bak, onu bilemem. Hiç talihi yok. Bana benziyor olmalı, ailenin kötü kişisi."

"Görüyorsun ya, ailede herkes genellikle iyi. Öyleyse neden küçük İsa bize yakınlık göstermiyor? Dr. Faulhaber'in evine gidersen, masanın bir sürü şeyle tepeleme dolu olduğunu görürsün! Villas-Boaslarda da öyle. Dr. Adaucto Luz'dan hiç söz etmeyelim..."

İlk kez, Totoca'nın ağlamak üzere olduğunu gördüm.

"Bu nedenle, küçük İsa'nın, yalnızca iş olsun diye yoksul doğmak istediğini düşünüyorum. Sonra da, yalnızca zenginlerin zahmete değdiğini görmüştü... Neyse, bırakalım bunları. Belki söylediklerim çok günah."

Gerçekten çok yılgındı; konuşmak ve yontmakta olduğu sopadan başını kaldırmak bile istemedi.

* * *

Öyle iç karartıcı bir akşam yemeği oldu ki, en iyisi onu hiç düşünmemek. Herkes yemeğini konuşmadan yedi. Babam şaraplı ekmeği şöyle bir tattı yalnızca. Ne tıraş olmak istemişti, ne de başka bir şey. Gece yarısı ayinine de gitmedik. En kötüsü, kimsenin kimseyle konuşmamasıydı. Küçük İsa'nın doğum günü değil de ölüm gecesiydi sanki.

Babam sonunda şapkasını alıp çıktı. Ne veda etti, ne Noel'imizi kutladı; ansızın terlikleriyle dışarı fırladı. Dindinha bunun üzerine mendilini çıkarıp gözlerini sildi ve Edmundo Dayı'yla birlikte gideceklerini söyledi. Edmundo Dayı benim elime beş yüz *reis*[1] sıkıştırdı. Totoca'ya da verdi. Belki daha da çoğunu vermek isterdi ama, daha çoğu onda da yoktu. Ya da belki paraları bizim yerimize, kentte oturan kendi çocuklarına vermek isterdi. Bunun için onu kollarımda bütün gücümle sıktım. Kuşkusuz, bay-

[1] *Reis:* Para birimi. (Çev.)

ram gecesinin tek gösterisiydi bu. Ne öpüşen oldu, ne de birbirine tatlı söz söyleyen. Annem odasına girdi. Gizlice ağladığından emindim. Hepimiz de onun gibi ağlamak istiyorduk. Lalá, Edmundo Dayı'yla Dindinha'yı kapıya kadar geçirdi ve onların küçük adımlarla, yavaş yavaş uzaklaştıklarını görünce şu yorumu yaptı:

"Yaşamak için çok yaşlılar, her şeyden yorulmuş bir görünüşleri var."

Ama en üzücü olay kilise çanının geceyi şen seslerle doldurması oldu. Tanrı, kullarının neşesini görsün diye, gökyüzüne birkaç donanma fişeği yükseldi!

Eve geldiğimizde Glória ve Jandira bulaşıkları yıkadılar. Glória'nın gözleri çok ağlamış gibi kıpkırmızıydı. Ama kendini toparladı, Totoca'yla bana dönüp:

"Çocukların yatma saati geldi," dedi.

Böyle söylerken yüzümüze bakıyor, ama bu gece aramızda çocuk olmadığını biliyordu. Hepimiz büyüktük. Küçük küçük parçalarla, aynı üzüntüden payını alan büyük ve üzgün kişiler.

Belki bütün suç, Elektrik Şirketi'nin kestiği ışığın yerini almış gaz lambasının ölgün ışığındaydı. Belki...

Tek mutlu kişi, başparmağını emerek uyuyan küçük kraldı. Atı yanı başına diktim. Ellerimi hafifçe saçlarında gezdirmekten kendimi alamadım. Sesim sevgiyle dolup taşıyordu:

"Küçüğüm benim."

Bütün ev karanlığa gömüldükten sonra da alçak sesle sordum:

"Şaraplı ekmek güzel miydi, Totoca?"

"Bilmem. Tadına bakmadım."

"Neden?"

"Gırtlağıma bir şey düğümlenmişti, yediklerim boğazımdan geçmek bilmiyordu... Uyuyalım. İnsan uyudu mu her şeyi unutur."

Ayağa kalkmıştım ve yatağımda gürültü yapıyordum.

"Nereye gidiyorsun, Zezé?"

"Lastik pabuçlarımı kapının önüne koyacağım."

"Koymasan daha iyi edersin."

"Hayır, koyacağım. Kimbilir, belki bir mucize olur da içleri armağanla dolar. Biliyor musun Totoca, bir armağan almayı o kadar isterdim ki. Bir tek armağan. Ama yeni olsun. Benim olsun yalnızca..."

Öbür yanına döndü, başını yastığın altına gömdü.

Uyanır uyanmaz Totoca'ya seslendim:

"Gidip bakalım mı? Bir şey gelmiştir belki."

"Senin yerinde olsam gidip bakmazdım."

"Ben bakacağım."

Oda kapısını açtım. Büyük bir hayal kırıklığıyla, lastik pabuçların bomboş olduğunu gördüm. Totoca, gözlerini ovuşturarak yaklaştı.

"Sana dememiş miydim?"

İçimde nefret, başkaldırma ve üzüntü karışımı bir duygu yükseldi. Kendimi tutamayıp bağırdım:

"İnsanın yoksul bir babası olması ne kötü!"

Bakışlarımı lastik pabuçlardan ayırdım ve önümde duran galoşları gördüm. Babam ayaktaydı, bize bakıyordu. Gözleri sınırsız bir hüzünle doluydu. Gözleri öyle büyümüş öyle büyümüştü ki, Bangu Sineması'nın perdesini doldurabilirdi neredeyse. Ve öyle korkunç bir acı vardı ki bu gözlerde, ağlamak istese bile ağlayamazdı. Bitmek tükenmek bilmeyen bir dakika boyunca orada durup bize baktı, sonra sesini çıkarmadan önümüzden geçti. Yıkılmıştık, bir şey söyleyecek durumumuz yoktu. Komodinin üzerinden şapkasını aldı ve yeniden sokağa çıktı. Ancak o zaman Totoca koluma dokundu.

"Kötüsün, Zezé," diye fısıldadı. "Yılan kadar kötüsün. *Bunun için...*"

Devam edemeyip sustu.

"Orada olduğunu görmemiştim."

"Kötü, taş yürekli çocuk! Babamın uzun zamandır işsiz olduğunu biliyorsun. Bunun için dün yüzüne baktıkça bir şey yutamıyordum. Bir gün sen de baba olacaksın ve böyle anlarda insanın neler hissettiğini anlayacaksın."

Üstüne üstlük ağlıyordum da.

"Ama görmemiştim Totoca, görmemiştim..." diyebildim.

Koşarak sokağa fırlamak, ağlayarak babamın bacaklarına sarılmak istedim. Kötü, çok kötü davrandığımı ona söylemek istedim. Ama ne yapacağımı bilemeden, olduğum yerde hareketsiz duruyordum. Yatağımın üzerine oturmam gerekti. Oradan, az ilerde, içleri bomboş duran lastik pabuçlarımı seyrediyordum. Amaçsız sürüklenen yüreğim gibi bomboştu onlar da.

"Bunu neden yaptım, Tanrım!" diye söyleniyordum kendi kendime. "Hem de bugün! Her şey bu kadar hüzünlüyken neden her zamankinden kötü davrandım?.. Yemekte babamın yüzüne nasıl bakacağım? Meyve salatası bile boğazımdan geçmeyecek."

Ve babamın iri gözleri, Bangu Sineması'nın perdesi gibi kocaman, beni izliyordu. Kendi gözlerimi kapıyor ve hep onunkileri görüyordum, iri, çok iriydi...

Topuğum boyacı sandığıma çarptı ve birden aklıma bir şey geldi. Böylece babam belki bütün kötülüğümü bağışlayacaktı.

Totoca'nın boyacı sandığını açtım, benimki hemen hemen boş olduğundan bir kez daha onun siyah boya kutusunu aldım. Kimseye bir şey söylemedim. Sandığın ağırlığını hissetmeden, üzüntü içinde yürümeye koyuldum. Babamın gözlerinin önünde yürüyor, onun gözlerinin içinde acı çekiyordum sanki.

Çok erkendi. Gece yarısı ayini ve ondan sonraki yemek yüzünden herkes uykuda olmalıydı. Sokak, oyuncaklarını ortaya seren ve birbirlerininkiyle karşılaştıran çocuklarla doluydu. Bu beni daha da yıktı. Oysa hepsi iyi çocuklardı onların. Hiçbiri babasına benim yaptığımı yapmazdı. Bir müşteri bulma umuduyla 'Açlık ve Yoksulluk' Bakkaliyesi'nin önünde durdum. Bakkal-tütüncü o gün bile açıktı. Boşuna değildi ona bu adı vermeleri. İnsanlar oraya tulumlarıyla, eski terlikleri ve galoşlarıyla gelirdi; hiçbir zaman gerçek pabuçlarla değil.

Kahve içmemiştim, yine de hiç aç değildim. Acım her türlü açlığın ötesindeydi. Gelişim Sokağı'na kadar yürüdüm. Çarşının yakınında gezindim. Bay Rozemberg'e ait fırının karşısındaki kaldırıma oturdum; ama hiç iş yoktu.

Saatler birbiri ardından geçip gidiyor, ben bir kuruş bile kazanamıyordum. Oysa kazanmam gerekiyordu. Kazanmak zorundaydım!

Sıcaklık artmıştı ve sandığın kayışı omzumu acıtıyordu. Yerini değiştirmem gerekti. Susamıştım da. Gidip çarşının çeşmesinden su içtim.

Yakında gitmeye başlayacağım ilkokulun önündeki basamaklardan birine oturdum. Sandığımı yere bıraktım, umudum kırılmıştı. Bir kukla gibi, başımı dizlerime dayadım ve öylece bekledim. Hiçbir şey yapacak gücüm yoktu. Ardından başımı dizlerimin arasına gömüp kollarımla örttüm. İstediğimi yapmadan eve dönmektense ölmeyi yeğlerdim.

Derken, birisi ayağıyla sandığa vurdu ve tanıdığım bir ses, bir dost sesi bana seslendi:

"Hey! Boyacı! Uyuyarak para kazanılmaz..."

İnanamadan başımı kaldırdım. Gazinonun kapıcısı Bay Coquinho'ydu. Bir ayağını uzattı. Önce bezi üzerinde gezdirdim. Sonra pabucu ıslatıp sildim. Ardından da özenle boyamaya koyuldum.

"Rica ederim, bayım; pantolonunuzu biraz kaldırır mısınız?"

Söylediğimi yaptı.

"Bugün pabuç boyamaya mı çıktın, Zezé?"

"Hiç bugünkü kadar pabuç boyamaya gereksinme duymamıştım."

"Ya Noel, iyi geçti mi?"

"Her zamanki gibi..."

Fırçamı sandığa vurdum, ayak değiştirdi. Aynı şeyleri yineledim. Sonra da parlatma işine geçtim. Görevimi bitirdiğimde yeniden fırçayla sandığa vurdum, ayağını çekti.

"Borcum ne kadar, Zezé?"

"İki yüz *reis*."

"Neden yalnızca, iki yüz *reis*? Bütün boyacılar dört yüz alıyor."

"İyi bir boyacı olduğumda ben de onlar kadar alabilirim. Şimdilik hayır."

Cebinden beş yüz *reis* çıkarıp uzattı.

"Alacağım olsun," dedim. "Daha sonra ödersiniz. Şimdiye kadar hiç iş yapmadım, üstünü veremem."

"Üstü benim sana Noel armağanım olsun. Hoşçakal."

"İyi bayramlar, Bay Coquinho."

Belki de, üç gün önce olanlardan ötürü pabuçlarını boyatmaya bana gelmişti...

Cebimdeki para nedeniyle bir süre güçlendim, yüreklendim. Ama saat ikiyi geçmişti. İnsanlar sokaklarda dolaştığı halde hiç iş çıkmıyordu. Kimse, pabuçlarının tozunu aldırmak için bile bir kuruş harcamak niyetinde değildi.

Rio-Sào Paulo yolu üzerindeki direklerden birinin yanında durdum ve incecik sesimle arada bir bağırmaya koyuldum:

"Boyacı! Baylar bayanlar!"

"Boyacı, bayım! Boyacı! Yoksulların Noel'ine yardım etmek için!"

Bir zengin arabası yakınımda durdu.

Bundan yararlanıp umutsuzca bağırdım:

"Bir iyilik yapın, Doktor. Yoksulların Noel'ine yardım için!"

Arabanın arkasında oturan iyi giyimli bir kadınla çocuklar bana bakıyor, beni seyrediyorlardı! Kadın acıdı:

"Zavallı küçük, ne kadar da ufak ve umutsuz. Ona bir şey ver, Artur."

Ama adam beni kuşkuyla süzdü.

"Kurnaz serserinin teki," dedi. "Boyundan ve Noel'den yararlanıyor."

"Yine de ona bir şey vermek istiyorum. Yaklaş, küçük!"

Çantasını açtı ve camdan elini uzattı.

"Hayır, teşekkür ederim, Bayan. Ben yalan söylemiyorum. Noel günü çalışmak için insanın gerçekten paraya gereksinme duyması gerekir."

Sandığımı aldım, omzuma astım ve ağır ağır yürüdüm. Bugün öfkelenecek gücüm bile yoktu.

Derken, arabanın kapısı açıldı ve bir çocuk arkamdan koşmaya başladı. Bir yandan da,

"Al, küçük! Annem yalancı olmadığına inandığını söylüyor!" diye bağırıyordu.

Cebime beş yüz *reis* koydu ve teşekkür etmemi beklemedi... Uzaklaşan motorun homurtusunu duydum.

Saat dördü geçmişti ve babamın gözleri bana acı çektirmeye devam ediyordu.

Dönüş yolunu tuttum. Alacaklarım için bin *reis* yetmiyordu. Ama 'Açlık ve Yoksulluk' Bakkaliyesi'nde bana belki bir indirim yaparlar ya da paranın üstünü başka bir gün ödememi kabul ederlerdi.

Bir çitin dibinde dikkatimi bir şey çekti. Yırtık bir siyah çoraptı bu. Almak için eğildim. Elimde gerdim ve uzun uzun inceledim. 'İyi bir yılan olur bu,' diye düşünerek sandığıma attım.

Sonra kendi kendime çattım: "Başka bir gün. Bugün yapılmaz..."

Villas-Boasların evine yaklaştım. Yapının çevresinde büyük bir bahçe vardı ve yerler betondu. Serginho güzel bir bisiklete binmiş, çiçek göbekleri arasında dolaşıyordu. Onu seyretmek için burnumu parmaklığa dayadım.

Bisiklet kırmızıydı, sarı ve mavi çizgileri vardı. Madeni pırıl pırıl yanıyordu. Serginho beni gördü ve önümden gelip geçmeye koyuldu. Hızlı gidiyor, ani dönüşler yapıyor, frenlerini gıcırdatarak bisikleti durduruyordu. Sonra yanıma yaklaştı.

"Hoşuna gitti mi?" diye sordu.

"Dünyanın en güzel bisikleti."

"Kapıya gel, daha iyi görürsün."

Serginho, Totoca'yla aynı yaştaydı, aynı sınıfta okuyordu.

Kırmızı lastiklerle tutturulmuş beyaz çorap ve rugan pabuçlar giymişti. Çıplak ayaklarımdan utandım. Rugan pabuçları öyle parlaktı ki, her şey üzerinde yansıyordu. Orada babamın bana bakan gözlerini bile görüyordum... İçimi çektim.

"Nen var, Zezé? Bir garipsin," dédi.

"Hiç. Yakından bisikletin daha da güzel. Noel armağanı mı?"

"Evet."

Daha rahat konuşmak için yere indi ve bahçe kapısını açtı.

"Öyle çok armağan geldi ki, aklın durur. Bir gramofon, üç elbise, yığınla tarih kitabı, bir kutu boya kalemi; ayrıca bir koca kutu daha; çeşitli oyunlarla dolu bir başka kutu, pervanesi dönen bir uçak; beyaz yelkenli iki tekne..."

Başımı eğdim ve Totoca'nın dediği gibi, yalnız zengin kişileri seven küçük İsa'yı düşündüm.

"Nen var, Zezé?"

"Hiç."

"Ya sen?.. Çok armağan aldın mı?"

Karşılık veremeyip almadığımı başımla belirttim.

"Hiçbir şey almadın mı? Hiçbir şey?.."

"Bu yıl evde Noel kutlanmadı. Babam işsiz."

"Olamaz bu. Kestane, fındık, şarap da yok muydu sofranızda?"

"Yalnızca Dindinha'nın pişirdiği şaraplı ekmek ve kahve vardı."

Serginho düşüncelere daldı.

"Zezé, seni davet etsem kabul eder misin?"

Olup biteni anlamaya başlıyordu. Ama yemek

yemediğim halde çağrısını kabul etmek istemiyordum.

"İçeri girelim. Annem sana bir tabak hazırlar. O kadar çok şey, öyle bol pasta var ki..."

Göze alamadım. Son günlerde bazı kimselerce pek hırpalanmıştım; birkaç kez sağdan soldan şu sözleri işitmiştim:

'Sana kaç kez söyledim, bu sokak süprüntülerini eve doldurma diye!'

"Hayır, çok teşekkür ederim," diye yanıtladım Serginho'nun sorusunu.

"Peki. Ya annemden, küçük kardeşin için kestaneleri ve öbür şeyleri paket yapmasını istesem, götürür müsün?"

"Götüremem. İşimi bitirmem gerekiyor."

Tam o sırada, üzerinde oturduğum boyacı sandığını keşfetti.

"Ama kimse Noel günü pabuç boyatmaz ki!" diye bağırdı.

"Bütün gün çalıştım ve topu topu bin *reis* kazandım, üstelik yarısı da sadaka. Daha iki yüz *reis* kazanmam gerek."

"Neden, Zezé?"

"Söyleyemem. Ama bunu kazanmak zorundayım."

Gülümsedi, cömert bir öneri gelmişti aklına:

"Benim pabuçlarımı boyar mısın? Sana bin *reis* veririm."

"Bunu da yapamam. Dostlarımdan para almıyorum."

"Ya zorla verirsem, yani bu iki yüz *reis*'i ödünç verirsem?.."

"İlerde sana borcumu ödeyebilir miyim?"

"Nasıl istersen; bilye olarak da ödeyebilirsin."

"Kabul ediyorum."

Elini cebine attı ve parayı uzattı.

"Hiç üzülme, çok para aldım. Kumbaram ağzına kadar dolu," dedi.

Elimi bisikletinin tekerleğinde gezdirdim.

"Gerçekten çok güzel!"

"Biraz daha büyüyüp bisiklete binmeyi öğrendiğinde, sana veririm dolaşırsın! Tamam mı?"

"Tamam."

* * *

Tabanları yağlayıp boyacı sandığımı şangır şungur öttürerek 'Açlık ve Yoksulluk' Bakkaliyesine kadar koştum.

Kapanmış olmasından korkarak fırtına gibi içeri daldım.

"Şu pahalı sigaralardan var mı?" diye sordum.

Parayı avcumda gören adam iki paket çıkardı.

"Sen içmeyeceksin, değil mi Zezé?"

Ardından bir ses geldi:

"Söylediğine bak! Bu yaşta bir çocuk sigara içebilir mi?"

"Tanımazsın onu. Her şeyi yapabilecek bir afacandır o."

"Babama alıyorum," dedim.

Sigara paketlerini evirip çevirirken büyük bir mutluluk duyuyordum.

"Bunu mu alayım, bunu mu?"

"Sen bilirsin."

"Babama bu Noel armağanını almak için bütün gün çalıştım."

"Doğru mu, Zezé? Ya o sana ne aldı?"

"Hiçbir şey alamadı zavallı. Hâlâ işsiz, biliyorsunuz."

Çok üzülmüş gibiydi, içerdeki herkes de susmuştu.

"Siz olsanız hangisini seçerdiniz?" diye sordum.

"İkisi de iyidir. Bütün babalar da böyle bir armağan aldıklarına sevinirler."

"Bana şunu sarıverin, lütfen."

Sardı ama, paketi uzatırken garip bir hali vardı. Sanki bir şey söylemek istiyordu da beceremiyordu.

Parayı verdim, gülümsedi. •

"Teşekkür ederim, Zezé," dedi.

"İyi bayramlar, efendim!"

Eve doğru koşmaya başladım.

Hava kararmıştı. Yalnızca mutfakta ışık yanıyordu. Herkes dışarıdaydı. Babamsa masa başına oturmuş, gözlerini duvara dikmişti. Dirsekleri, önündeki masaya dayalı, çenesi avuçlarının içindeydi.

"Baba!" diye seslendim.

"Ne var yavrum?" Sesinde en ufak bir kırgınlık yoktu. "Bütün gün nerelerdeydin?"

Boyacı sandığımı gösterdim. Sonra bu ağır yükü yere koydum ve sigara paketim çıkarmak için elimi cebime soktum.

"Bakın, baba," dedim. "Size çok güzel bir şey aldım."

Onun bana neye mal olduğunu anlayarak gülümsedi.

"Hoşunuza gitti mi? En güzeliydi bu."

Sigara paketini açtı, tütünü gülümseyerek kokladı, ama hiçbir şey söylemedi.

"Bir sigara için baba!"

Fırına gidip kibrit getirdim, çaktım, dudaklarının arasındaki sigaraya yaklaştırdım.

İlk solukta hazır bulunmak için biraz uzaklaştım. Ama ansızın içimde bir şey oldu. Kibriti yere attım. Soluğumun kesildiğini hissediyordum. İçten içe patlıyordum sanki. Bütün gün bastırdığım o çok büyük acıdan ötürü ta içimden patlıyordum.

Babama, sakallarla kaplı yüzüne, gözlerine baktım.

"Baba... baba..." diyebildim yalnızca.

Ve hıçkırıklar sesimi bastırdı.

Adamcağız kollarını açtı, beni göğsünde sevgiyle sıktı.

"Ağlama yavrum," dedi. "Hep böyle duygulu bir çocuk olarak kalacaksın, pek çok ağlama fırsatı bulacaksın hayatta."

"İstemiyordum, babacığım. Öyle demek... istemiyordum."

"Biliyorum, biliyorum. Aslında haklı olduğun için kızmadım"

Beni bir süre kucağında salladı.

Sonra başımı kaldırdı, yakınındaki bir bezle yüzümü sildi.

"İşte, daha iyi oldu şimdi."

Ellerimi kaldırdım ve yüzünü okşadım. Yerlerine yerleştirmek ve bir daha o kadar büyük olmamalarını sağlamak için parmaklarımı hafifçe gözlerinde gezdirdim. Bunu yapmazsam, bu gözlerin beni hayat boyu izlemesinden korkuyordum.

"Hadi, sigaramı bitirmeme izin ver," dedi.

Bense, o boğuk sesimle hâlâ kekeliyordum:

"Biliyor musunuz, baba; beni dövmek istediğinizde bir daha hiç karşı gelmeyeceğim size... Beni istediğiniz kadar dövebilirsiniz..."

"Peki, Zezé, peki."

Kucağından usulca yere bıraktı. Benimle birlikte son hıçkırıklarımı da. Ve dolaptan bir tabak çıkardı.

"Glória sana biraz meyve salatası ayırmıştı..."

Ama tabaktakiler bir türlü boğazımdan geçmiyordu. Oturdu ve kaşıkla azar azar alıp bana yedirdi.

"Artık bitti yavrum, bitti değil mi?"

Başımla evetledim, yine de ilk kaşıklar tuzluydu. Gözlerimden akan son yaşlar durmak bilmiyordu.

Kuş, okul ve çiçek

Yeni ev, yeni bir hayat ve basit umutlar, basit umutlar.

Yaşadığımız sıcak gün gibi keyifliydim. Arabada sürücü Bay Aristides'le yardımcısının arasına tünemiştim.

Eğri büğrü sokaktan çıkıp Rio-Sào Paulo yoluna saptığımızda harika bir şey oldu. At arabası yağ gibi kaymaya başladı. Büyük bir keyifti bu. Derken, yanımızdan güzel bir otomobil geçti.

"İşte, Portekizli Manuel Valadares'in arabası," dediler.

Kanal Sokağı'nın köşesini geçeceğimiz an uzaktan gelen bir düdük sesi sabahın sessizliğini doldurdu.

"İşitiyor musunuz, Bay Aristides," dedim. "Bakın, *Mangaratiba!*"

"Sen de her şeyi biliyorsun, ha?"

"Düdük sesinden tanıyorum."

Atların toynakları yolda 'lak lak' ediyordu. Başka ses yoktu ortalıkta. Arabanın pek yeni olmadığını fark ettim. Üstelik oldukça da eskiydi. Ama sağlam ve kullanışlı görünüyordu. İki gidişte bütün pilimizi pırtımızı taşıyabilecektik. Eşek pek güçlü değil gibiydi. Ama ben arabacının gönlünü almaya karar verdim.

"Güzel bir arabanız var, Bay Aristides," dedim.

"İş görecek kadar."

"Eşek de güzel. Adı ne?"

"Çingene."

Canı konuşmak istemiyordu.

"Bugün benim için büyük bir gün," dedim. "İlk olarak arabaya biniyorum; yolda Portekizli'nin otomobiline rastladım ve *Mangaratiba'nın* düdük sesini işittim."

Sessizlik.

"Bay Aristides! *Mangaratiba,* Brezilya'nın en önemli treni mi?"

"Hayır. Yalnızca bu hatta çalışan en önemli tren."

Çabalarım boşunaydı. Bazen büyük insanları anlamak ne güç oluyordu!

Evin önüne vardığımızda ona anahtarı verdim ve dostça davranmaya çalıştım.

"Size yardım etmemi ister misiniz?"

"Ayak altında dolaşmazsan bize daha çok yardım etmiş olursun.

Git oyna, yola çıkacağımız zaman sana haber veririm."

Fırsatı kaçırmadım, yürüdüm.

"Minguinho, artık hep birbirimizin yakınında yaşayacağız," diye söyleniyordum. "Seni öyle güzelleştireceğim ki, hiçbir ağaç seninle boy ölçüşemeyecek. Biliyor musun, Minguinho; bugün çok rahat ve büyük bir arabada yolculuk ettim. Filmlerde görülen posta arabaları gibiydi. Bak, bundan böyle bütün öğrendiklerimi gelip sana anlatacağım, tamam mı?"

Irmağın yüksek otlarına yaklaşmıştım, kirli suyun akışını seyrettim.

"Geçen gün ırmağın adını söylemişlerdi, neydi o?"

"Amazon."

"Tamam. Amazon. Ta ilerde aşağıda ırmak vahşi Kızılderililerin kayıklarıyla dolu olmalı, değil mi Minguinho?"

"Kes sesini. Kuşkusuz öyle olmalı."

Daha konuşmaya yeni başlamıştık ki, Bay Aristides kapıyı kapıyor ve bana sesleniyordu:

"Kalıyor musun, yoksa bizimle mi geliyorsun?"

"Kalacağım. Annem ve ablalarım yola çıkmış olmalı."

Ve sağda solda ne varsa denetlemeye devam ettim.

Başlangıçta, utangaçlıktan ya da komşular üzerinde iyi bir izlenim yaratmak istediğimden, akıllı uslu davranıyordum. Ama bir öğleden sonra, siyah çorabı anımsayıverdim. Hemen çevresine ip doladım ve burnunu kestim. Ayak sokulan yerine uzun bir uçurtma ipi bağladım. Uzaktan, yavaşça çekildiğinde yılana benziyordu ve karanlıkta müthiş bir etki yapacaktı.

Akşam herkes kendi işiyle uğraşmaya başlamıştı. Yeni ev, içinde bulunduğumuz ruh halini değiştirmiş gibiydi. Aramızda uzun süreden beri görülmeyen bir neşe sürüp gidiyordu.

Kımıldamadan bahçe kapısının yanında bekledim. Sokak, direklere asılı lambalarla aydınlatılmıştı, ama ışık yetersizdi. Yüksek sütleğen kümeleri geniş gölgeler oluşturuyordu. Fabrikada fazla mesai yapan birileri olmalıydı. Ama mesai, genellikle saat sekizi pek geçmezdi; hele dokuzu hiç. Bir süre bu işyerini düşündüm. Orayı sevmiyordum. Sabah insanın içini kasvetle dolduran düdüğü saat beşte daha da iğrenç geliyordu. Orası her gün insanları yutan, akşam olunca da çok yorulmuş insanlar kusan bir canavardı. Babama yaptığından ötürü Bay Scottfield'i sevmiyordum.

Dikkat! Bir kadın geliyordu. Koltuğunun altında bir şemsiye, elinde çantası vardı. Yolun üstünde tıkırdayan tahta pabuçlarının sesi bile duyuluyordu.

Koşup kapının ardına gizlendim ve yılanı oynatmayı denedim. Bana boyun eğdi. Kusursuzdu. Bunun üzerine olduğum yerde iyice büzüldüm. İpin ucunu sıkıca tutup çitin gölgesinde kayboldum. Tahta pabuçlar yaklaşıyor, yaklaşıyordu; biraz daha ve hop! Yılanın ipini çekmeye koyuldum. Yolun ortasında yavaşça kaydı. Doğrusu bunu beklemiyordum. Kadın bütün sokağı ayağa kaldıran korkunç bir çığlık attı. Çantasıyla şemsiyesini havaya fırlattı, çığlığı kesmeden ellerini karnına götürdü.

"İmdat! İmdat! Bir yılan! Koşun! Yardıma koşun!.."

Kapılar açıldı, ben her şeyi yüzüstü bırakıp eve koştum, mutfağa daldım. Acele, çamaşır sepetini açtım, kapağı üzerime kapayarak içine gizlendim. Heyecandan yüreğim çarparak kadının çığlıklarını dinliyordum.

"Ah! Tanrım! Altı aylık çocuğumu düşüreceğim!"

O an yalnız ürkmekle kalmadım, titremeye de başladım.

Komşular kadını içeri aldılar, ağlaması ve iniltileri sürüyordu.

"Dayanamıyorum, dayanamıyorum, hele her şeyden çok korktuğum bir yılanla karşılaşmak beni bitirdi!"

"Biraz portakal çiçeği suyu için. Yatıştırır. Sakin olun. Erkekler ellerinde sopalarla, baltalarla, fenerlerle yılanın ardına düştüler."

Paçavradan bir yılan uğruna ne de çok şamata kopmuştu! Ama işin en kötü yanı, evdekilerin de, yani Jandira, annem ve Lalá'nin da olay yerine gitmeleriydi.

"Yılan mılan değil bu. Bakın! Eski bir çorap," diyordu herkes.

Korkudan 'yılan'ı geri çekmeyi unutmuştum. Hapı yuttuğum açıkça ortadaydı.

Yılanın ardından ip geliyor ve ucu bahçeye kadar ulaşıyordu. Çok iyi tanıdığım üç ses aynı anda bağırdı:

"O yaptı!"

Artık kovalanan yılan değildi. Bütün yatakların altına baktılar. Bir şey bulamadılar. Yanımdan geçtiler, hiç soluk almıyordum. Dışarı çıkıp kulübenin çevresini araştırdılar.

Jandira'nın aklına bir şey gelmişti olacaktı.

"Sanırım buldum yerini!" diye bağırdı.

Çamaşır sepetinin kapağını kaldırdı ve kulaklarıma yapışıp beni yemek odasına sürükledi.

Bu kez annem kötü dövdü beni. Terlik kalktı indi, kalktı indi. Acıyı hafifletmek ve elini üzerimden çekmesini sağlamak için bağırmam gerekti. Ama, o daha çok bağırdı:

"Baş belası! İnsanın altı ay karnında çocuk taşımasının ne güç olduğunu bilmiyorsun tabii!"

Lalá alaylı alaylı cümleyi yorumladı:

"Bu sokağın açılış törenini yapmak için oldukça bekledi doğrusu!"

"Şimdi yatağa haylaz!"

Acıyan yerimi ovuşturarak dışarı çıktım, yüzükoyun yatağa uzandım. Babamın kâğıt oynamaya gitmesi büyük talihti doğrusu. Son gözyaşı damlasını da içime akıtarak ve en iyi dayak ilacının yatak olduğunu düşünerek karanlıkta öylece yattım.

* * *

Ertesi sabah erken kalktım. Yapacak çok önemli iki işim vardı: önce kimseye fark ettirmeden ortalığa bir göz atmak. Yılan hâlâ yerindeyse alacak ve gömleğimin içine sokacaktım. Bana daha başka zamanlarda gerekli olabilirdi. Ama yoktu yerinde. Yılana bu kadar benzeyen başka bir çorap bulmak da güçtü.

Geri döndüm ve Dindinhaların yolunu tuttum. Edmundo Dayı'yla konuşmam gerekiyordu.

Yaşadığı emekli hayatına göre vaktin daha erken olduğunu düşünerek içeri girdim. Tombala oynamak, kendi deyimiyle biraz eğlenmek ve gazete almak için dışarı çıkma zamanı değildi onun için.

Gerçekten de odada oturmuş, yeni bir iskambil falı açıyordu.

"Günaydın, Dayıcığım!" dedim.

Karşılık vermedi. Duymamış gibi davranıyordu. Bizim evde herkes, konuşma kendisini ilgilendirmediğinde onun böyle davrandığını söylerdi.

Ama bana karşı davranışında böyle bir şey söz konusu değildi. Hem (bu deyimi ne kadar da çok seviyordum ayrıca) bana karşı hiçbir zaman tam 'sağır' olmazdı. Gömleğinin kolunu çektim ve bir kez daha, siyah-beyaz kareli pantolon askısının gerçekten güzel olduğunu düşündüm.

"Ha! Sen misin?" derken, beni yeni görmüş gibi yapıyordu.

"Bu falın adı nedir, Dayıcığım?"

"Saat."

"Çok güzel bir ad."

Bütün iskambil kâğıtlarını öğrenmiştim. Ama valeleri pek sevmiyordum. Nedendir bilmem, kralın uşağı gibi bir görünüşleri vardı!

"Biliyor musunuz, Dayıcığım; sizinle bir iş konuşmaya geldim."

"Dur da şu elimdekini bitireyim. Sonra konuşuruz," dedi.

"Yine de kâğıtları çabucak karıştırdı!

"Çıktı mı?"

"Hayır."

Kartları topladı ve bir kenara koydu.

"Peki, Zezé," dedi. "Bu 'iş' bir para işiyse eğer -parmaklarını birbirine sürtüp bir işaret yaptı- bende metelik yok."

"Bilye almak için beş kuruşçuk da mı yok?"

Güldü.

"Belki beş kuruş vardır, bakalım!"

Elini cebine atacaktı ki, onu durdurdum.

"Şaka ediyordum, Dayıcığım; işimin parayla ilgisi yok."

"Nedir öyleyse?"

'Gelişmiş' olmamın onu çok keyiflendirdiğini, yardım görmeden okuma öğrendiğimden beri aramızın çok düzeldiğini hissediyordum.

"Çok daha önemli bir şey öğrenmek istiyordum. Şarkı söylemeden şarkı söyleyebilir misiniz?"

"Anlamadım."

"Şöyle."

Ve *Casinha Pequenina'dan* bir bölüm söyledim.

"İyi ama, şimdi şarkı söylemiyor musun?"

"Tamam. Aynı şeyi sesimi çıkarmadan, içimden de yapabilirim."

Saflığım onu güldürdü, ama sözü nereye getirmek istediğimi bilmiyordu.

"Sorun şu, Dayıcığım: Çok küçükken, içimde şarkı söyleyen bir kuş olduğunu, şarkıyı onun söylediğini sanırdım."

"Eh, insanın böyle bir kuşa sahip olması harika bir şey."

"Anlamadınız. Artık kuşuma pek inanmıyorum. Ancak içimden konuştuğum ve kendi içimi gördüğüm zaman oldu bu değişiklik."

Durumu kavradı ve şaşkınlığıma güldü:

"Açıklayayım, Zezé. Bu değişimin ne olduğunu biliyor musun? Büyümektesin demektir. İnsan büyüdü mü böyle olur. Yani bilinçlenir. İçindeki, o konuşan ve gören şeye 'bilinç' denir. Yakında sahip olacağını söylediğim 'o şey'e bir gün insanı götüren de bilincidir."

"Olgunluk çağına mı?"

"Güzel, iyi aklında tutmuşsun. İşte o geldi mi, olağanüstü bir şey olur. Bilinç büyür, büyür ve başımızla yüreğimizi doldurur. Gözlerimizde ve yaptığımız her şeyde kendini gösterir."

"Anlıyorum. Ya kuş?"

"Kuş, Ulu Tanrı tarafından küçük çocukların, nesneleri keşfetmelerine yardımcı olmak için yaratılmıştır. Gereği kalmayınca, çocuk, kuşu Ulu Tanrı'ya geri verir. Ulu Tanrı da kuşu, senin gibi akıllı olan başka bir çocuğun içine yerleştirir. Güzel, değil mi?"

Güldüm, bilincim olduğu için mutluydum.

"Evet. Artık ben gidiyorum," dedim.

"Ya para?"

"Bugün istemem. Çok işim var."

Bütün bunları yeniden düşünerek sokağa çıktım. Çok üzücü bir olayı anımsadım: Totoca'nın çok güzel bir iskete kuşu vardı. Totoca taze dan verdiğinde, yavaşça parmağına tırmanırdı. Kapıyı açık da bırakabilirdik, hiç kaçmazdı. Bir gün, Totoca onu dışarda, kızgın güneşin altında unuttu. Ve yakıcı sıcak, kuşu öldürdü. Zavallıcığı avuçlarında sıkan Totoca gözlerimin önünde, ölü hayvanı yanağına dayamış ağlıyor, ağlıyordu.

"Bir daha hiç kuşum olmayacak," diyordu. "Hiç, hiç."

Yanındaydım, ona şöyle dedim:

"Benim de Totoca, benim de bir daha hiç kuşum olmayacak."

Doğruca şekerportakalımın yanına gittim.

"Xururuca, bir şey yapacağız."

"Nasıl bir şey?"

"Birlikte biraz bekleyeceğiz."

"Kabul."

Oturdum, başımı onun cılız gövdesine yasladım.

"Neyi bekleyeceğiz, Zezé?"

"Gökyüzünden güzel bir bulutun geçmesini."

"Ne yapacağız onu görünce?"

"Kuşumu bırakacağım."

"Evet, artık ona gerek kalmadı." Gökyüzüne baktım. "İşte şu, Minguinho," dedim ve ayağa kalktım. Çok duygulanmıştım. Gömleğimin önünü açtım.

"Bak, Minguinho."

Kuşumun, cılız göğsümden koptuğunu hissettim.

"Uç, küçük kuşum, yükseklere uç. Uç da Tanrı'nın parmağına kon. Tanrı seni başka bir küçük çocuğa yollayacak. Benim için şarkı söylediğin gibi onun için de söyleyeceksin. Hoşçakal, benim güzel kuşum!"

İçimde büyük bir boşluk hissettim.

"Bak, Zezé. Bulutun parmağına kondu."

"Gördüm."

Başımı Minguinho'nun göğsüne dayadım ve bulutun uzaklaşışını seyrettim.

"Ona hiçbir zaman kötü davranmadım."

Başımı dala doğru çevirdim.

"Xururuca!"

"Ne var?"

"Ağlamak kötü bir şey mi?"

"Ağlamak hiçbir zaman kötü değildir, budala. Neden sordun?"

"Bilmiyorum. Bir türlü alışamadım. Sanki yüreğim boş bir kafes..."

* * *

Glória beni erkenden çağırmıştı.

"Göster tırnaklarını!" dedi.

Ellerimi uzattım, beğendi.

"Şimdi de kulaklarını..."

Ve kulaklarımı gördükten sonra:

"Ah Zezé," diye söylendi.

Musluğun başına götürdü beni, bir bez ıslatıp iyice sabunlayarak kirimi pasımı temizledi.

"Savaşçı bir *Pinagé* Kızılderilisi olduğunu söylüyorsun ama, bu kadar pis gezen birini görmedim ömrümde. Koş çabuk. Pabuçlarını giy, ben de sana temiz giysiler getireyim."

Çekmecemi karıştırmaya koyuldu. Çok uğraştı. Ama karıştırdıkça işe yarar bir şey bulması güçleşiyordu. Bütün pantolonlarım eskilikten ya delik deşikti ya da örülmüş ve yamanmış durumdaydı.

"Kimseyi yanıltamazsın. Ne korkunç bir çocuk olduğunu anlamak için bu çekmeceyi açmak yeterli. Şunu giy, en eli yüzü düzgün olanı bu," dedi.

Ve harika bir 'keşif'te bulunmak üzere yola çıktık.

Okula varmıştık. Bir yığın insan çocuklarını yazdırmaya getiriyordu.

"Uslu dur ve sana söylediğimi unutma, Zezé!"

Birbirlerini seyreden çocuklarla dolu bir salonda oturuyorduk. Sonunda sıra bize geldi ve müdire hanımın odasına girdik.

"Küçük kardeşiniz mi?"

"Evet efendim. Annem kentte çalıştığı için gelemedi."

Kadın bana dikkatle baktı, gözlerini çok iri ve kapkara gösteren kocaman gözlükleri vardı. İşin gülünç yanı, erkek gibi bıyıklı oluşuydu. Bu yüzden müdire olmuştu herhalde.

"Çok küçük değil mi?" diye sordu ablama.

"Yaşına göre kavruk. Ama okuma biliyor."

"Kaç yaşındasın, küçük?"

"Yirmi altı şubatta altı yaşında olacağım efendim."

"Güzel. Fişini dolduracağız. Önce ana ve baba adı."

Glória, babamın adını ve soyadını söyledi. Sıra anneme gelince, yalnız şöyle dedi: "Estefânia de Vasconcelos."

Dayanamadım ve sessiz durmam gerektiğini unuttum:

"Estefânia Pinagé de Vasconcelos."

"Nasıl?"

Glória, kızarmıştı.

"Pinagé!" diye yineledim. "Annem bir Kızılderili ailesindendir."

Bununla göğsüm kabarıyordu, çünkü okulda Kızılderili adı taşıyan tek çocuk ben olmalıydım.

Sonra Glória, bir kâğıt imzaladı ve hareketsiz, kararsız durdu.

"Başka bir şey var mı, kızım?"

"Okul giysisini sormak istiyordum... Babam işsiz, çok yoksuluz."

Müdire hanımın, boyumu posumu incelemek için dönmemi söylemesi ve aynı anda yamaları görmesiyle bu sözler doğrulandı.

Bir kâğıdın üzerine bir numara yazdı kadın ve gidip Bayan Fulalia'yı görmemizi söyledi.

Bayan Fulalia da boyumun kısalığına pek şaştı. Elindeki en küçük okul giysisi bile pantolon giymiş bir civciv görünüşü veriyordu bana.

"Elimdeki tek giysi bu," dedi. "Ama bu bile çok büyük geldi. Ne minik çocuk."

"Götürüp kısaltırım," dedi ablam.

Bu armağandan ötürü sevinç içinde evin yolunu tuttum. Beni yepyeni okul giysimle görünce, Minguinho'nun ne kadar şaşıracağını gözümün önüne getiriyordum.

***

Ona her gün her şeyi anlatıyordum. Neyin nasıl olduğunu, nasıl olmadığını:

"Büyük bir çan çalıyorlar. Ama kilise çam kadar büyük değil. Anlıyorsun, değil mi? Herkes avluya giriyor ve öğretmenin bulunduğu yeri arıyor. Öğretmen bizi dörder dörder sıraya diziyor; koyunlar gibi sınıfa giriyoruz. Kapağı açılıp kapanan bir sıraya oturuyor, elimizdekileri içine koyuyoruz. Öğretmen, iyi bir Brezilyalı ve iyi bir 'yurtsever' olmak için ülkemizin ulusal marşını öğrenmemiz gerektiğini söylediğinden, yığınla marş öğrenmek zorundayım. Ulusal marşı öğrendiğimde sana da söyleyeceğim, tamam mı Minguinho?"

Ve yenilikler birbirini izledi. Kavgalar da. Her şeyin yepyeni olduğu bir dünyadaki keşifler...

***

"Küçük, bu çiçekle nereye gidiyorsun?" dedim.

Çok şekerdi, elinde kitabıyla defterini tutuyordu ve iki minik saç örgüsü vardı.

"Öğretmenime götürüyorum," dedi.

"Neden?"

"Çünkü çiçekleri seviyor. Ve bütün çalışkan öğrenciler öğretmenlerine çiçek getiriyorlar."

"Erkek çocuklar da getirebilir mi?"

"Öğretmenlerini seviyorlarsa, evet."

"Ya! Demek öyle!"

"Evet."

Kimsenin, öğretmenimiz Bayan Cecilia Paim'e

çiçek getirdiği yoktu. Çirkin olduğu için getirmiyorlardı herhalde. Gözünün üzerinde o leke olmasa belki bu kadar çirkin görünmeyecekti. Ama paydos zili çalıp bahçeye çıktığımızda, pastaneden kremalı börek almam için ara sıra bana para veren tek insandı o.

Öbür sınıflara baktım: Her masanın üstündeki bardakta çiçek vardı. Bir tek bizim sınıftaki bardak boş duruyordu.

* * *

Ama en büyük serüvenim şu oldu:

"Biliyor musun, Minguinho; bugün yarasa oldum."

"Şu bana sözünü ettiğin, gelip sizinle oturması gereken Luciano gibi mi?"

"Hayır, aptal. Bir arabanın arkasında yarasalık yaptım. Okulun önünden bir otomobilin geçmesini beklersin, sonra koşup arkasındaki yedek tekerleğe yapışırsın. Ve gidersin arabayla, harika bir şey. Bir kavşağa gelince, karşıdan başka araba gelip gelmediğini anlamak için eğilip bakarsın, sonra şoför yavaşladığında atlarsın. Ama atlarken çok dikkat etmelisin. Hızlı atlarsan kendini kıçüstü yerde bulursun çünkü. Kollarının derisi de yüzülür."

Sınıfta ve bahçede olup bitenleri ona anlatarak gevezelik ediyordum: Okuma dersinde, öğretmenimiz Bayan Cecilia Paim'in, benim için söylediklerini anlattığımda nasıl gururla dikildiğini görmek gerekir. Öğretmene göre en iyi okuyan bendim. En iyi 'telaffuz' bendeydi çünkü. Bu 'telaffuz' sorunu kafamı kurcalıyordu. İlk fırsatta 'telaffuz'umun gerçekten iyi olup olmadığını Edmundo Dayı'ya sormaya karar verdim.

"Biz yine 'yarasa' oluşuma dönelim: Daha iyi anlatabilmek için, bunun senin dalına binmek kadar zevkli olduğunu söyleyeyim."

"Ama benim dalıma bindiğinde tehlike yok."

"Tehlike yok mu? Ya Batı'daki ovalarda dörtnala deli gibi koştuğum zaman?.. Yabanöküzü ya da bizon avına çıktığımızda hani, unuttun mu?"

Haklı olduğumu kabul etmek zorunda kaldı Minguinho. Çünkü benimle tartışmaya girdiğinde son sözü söylemeyi bir türlü başaramazdı.

"Ama bir araba var, Minguinho. Bir araba var ki, hiç kimse arkasına atlamak yürekliliğini gösteremedi. Hangisi biliyor musun? Portekizli Manuel Valadares'in büyük arabası. Hiç, Manuel Valadares kadar çirkin bir ad işittin mi?"

"Evet, çirkin bir ad. Ama ben bu konuda bir şey düşünüyorum."

"Ne düşündüğünü bilmediğimi mi sanıyorsun? Biliyorum, Minguinho; ama şimdi sırası değil. Bırak biraz da idman yapayım... Sonra denerim."

* * *

Ve günler büyük bir mutluluk içinde geçiyordu. Bir sabah, elimde öğretmenime götürdüğüm çiçekle sınıfa girdim. Çok duygulandı, bana bir centilmen olduğumu söyledi.

"Ne demek bu biliyor musun, Minguinho?"

"Centilmen, çok iyi yetiştirilmiş erkeğe denir, tıpkı bir prens gibi."

Her geçen gün sınıftan biraz daha zevk alıyor ve daha çok çalışıyordum. Kimse okulda benden yakınmıyordu. Glória, küçük şeytanımı çekmeceye kilitlediğimi ve okulda başka bir çocuk olduğumu söylüyordu.

"Sence bu doğru mu, Minguinho?"

"Elbette doğru."

"Öyleyse, sana anlatmaya karar verdiğim sırrı anlatmayacağım."

Aşağılanmış gibi yanından uzaklaştım. Ama o hiç kaygılanmadı, çünkü suratsızlığımın uzun sürmeyeceğini biliyordu.

Sır o akşam ortaya çıkacaktı, yüreğim korkuyla çarpıyordu. Sonunda fabrikanın düdüğü çaldı ve işçiler dışarı çıktı. Yazın, günler, hava kararana dek bitmek bilmiyordu. Akşam yemeğinin vakti bile bu yüzden bir türlü gelmiyordu. Kapıda durup çevremde görünen her şeye bakıyordum; o sırada ne yılanı düşünüyordum, ne de başka bir şeyi. Oturmuş annemi bekliyordum yalnızca. Jandira, sonunda bu işe şaştı ve ham meyve yiyip karnımı mı ağrıttığımı sordu.

O sırada annemin karaltısı yolun köşesinde belirdi. Gerçekten oydu gelen. Dünyada kimse ona benzemezdi. Yerimden fırladım ve ona doğru koştum.

"İyi akşamlar, anneciğim!"

Elini öptüm. Yolun ışıkları ölgün olduğu halde yüzünün yorgunluktan çöktüğünü görüyordum.

"Bugün çok mu çalıştınız, anneciğim?"

"Çok, yavrum. Makinelerin başında öldürücü bir sıcak vardı."

"Çantanızı bana verin, taşıyayım."

İçinde boş yemek kabı bulunan çantayı yüklendim.

"Bugün çok yaramazlık yaptın mı?"

"Yapmadım sayılır, anneciğim."

"Neden beni bekledin?"

Araştırıyordu.

"Anneciğim, beni birazcık olsun seviyorsunuz, değil mi?"

"Ötekileri sevdiğim gibi seni de seviyorum. Neden sordun?"

"Nardinho'yu tanıyorsunuz, değil mi? Topal Ördek'in yeğenini?"

Güldü:

"Hatırladım onu," dedi.

"Biliyor musunuz, annesi ona çok güzel bir giysi dikmiş. Beyaz şeridi de olan yeşil bir giysi. İçinde boyna kadar iliklenen bir de yeleği var. Ama Nardinho'ya dar geliyor. Giysisini verebileceği bir kardeşi de yok. Satmak istediğini söyledi... Bana alır mısın?"

"Ah, yavrum! Zaten geçinmekte güçlük çekiyoruz."

"Ama parasını iki taksitte ödemek mümkün. Pahalı da değil. Dikiş parası almıyor adam."

Elbiseci Jacob'un sözlerini yineliyordum.

Annem sesini çıkarmıyordu.

"Anneciğim, sınıfımın en çalışkan çocuğuyum. Öğretmen, başarı armağanı alacağımı söyledi... Siz de o giysiyi bana alın. Ne zamandır yeni bir giysim olmadı."

Suskunluğu beni korkutmaya başlıyordu.

"Anlıyor musun, anneciğim, bunu alamazsam hiçbir zaman şair giysim olmayacak. Lalá da, elinde kalan ipek parçasından bana kocaman düğümlü bir boyunbağı yapacakmış."

"Peki yavrum. Bir hafta boyunca geceleri de çalışıp o giysiyi sana alacağım."

Elini öptüm ve yanağım eline dayalı, eve kadar

yürüdük.

Böyle edindim şair giysimi. O kadar güzel olmuştum ki, Edmundo Dayı resmimi çektirmeye götürdü.

* * *

Okul. Çiçek. Çiçek. Okul...

Godofredo bizim sınıfa girene kadar işler yolunda gitti. Dersi yarıda kestiği için özür diledi ve Bayan Cecilia Paim'le konuştu. Yalnızca bardaktaki çiçeği gösterdiğini biliyorum. Sonra arkasını döndü ve çıktı. Öğretmen üzgün bakışlarla beni süzdü.

Dersin bitiminde de beni çağırdı.

"Sana bir şey söylemek istiyorum, Zezé. Biraz bekle."

Çantasını yerleştirmesi bitmek bilmiyordu. Benimle konuşmayı hiç istemediği ve biraz yüreklenmeye çalıştığı belliydi. Sonunda kararını verdi:

"Godofredo senin hakkında çok kötü bir şey anlattı, Zezé. Doğru mu?"

Başımla evetledim. "Çiçek konusunda mı? Doğrudur efendim."

"Nasıl yaptın?"

"Erken kalkıyorum ve Serginho'nun bahçesinin oradan geçiyorum. Bahçe kapısı aralık olduğundan hemen içeri girip bir çiçek çalıyorum. Ama o kadar çok çiçek var ki, fark edilmez."

"Evet, ama bu yine de doğru bir şey değil. Yapmaman gerekir. Bir soygun yapmıyorsun elbette, ama yine de küçük çapta bir 'hırsızlık' sayılır."

"Hayır, Bayan Cecilia. Yeryüzü, Ulu Tanrı'nındır, değil mi? Yeryüzündeki her şey de Ulu Tanrı' nındır öyleyse. O zaman, çiçekler de..."

Mantığım karşısında ağzı açık kaldı.

"Başka türlü yapamazdım efendim. Evde çiçek yok. Dışarda da çok pahalı... Masanızın üzerindeki bardağın hep boş durmasını istemiyordum."

İçini çekti.

"Ara sıra bana kremalı börek almam için para veriyorsunuz, değil mi?"

"Sana her gün para verebilirim. Ama sen..."

"Sizden her gün para alamam."

"Neden?"

"Çünkü kahvaltı edecek parası olmayan başka çocuklar da var."

Cebinden mendilini çıkardı ve kaçamak bir hareketle gözlerinde gezdirdi.

"Corujinha'yı tanır mısınız?"

"Kim bu Corujinha?"

"Benim boyumdaki küçük zenci kız. Annesi saçını bir lastikle arkada toplayıp at kuyruğu gibi sallandırır."

"Anladım. Dorotilia mı?"

"Evet efendim. Dorotilia benden de yoksul. Zenci ve çok yoksul olduğu için öbür çocuklar onunla oynamayı sevmiyorlar. O da hep bir köşede oturuyor. Bana aldığınız böreği onunla paylaşıyorum."

Bu kez, mendili uzun süre burnunda tuttu.

"Ara sıra, parayı bana verecek yerde ona verebilirsiniz. Annesi çamaşırcı ve on bir çocuğu var, hepsi de küçük. Anneannem Dindinha, biraz yardım olsun diye ona her cumartesi günü kara fasulye ve pirinç verir. Annem de, sahip olduğum en az şeyi bile benden yoksul olanlarla bölüşmeyi bana öğrettiğinden, böreğimi onunla paylaşıyorum."

Gözyaşları yanaklarından aşağı akıyordu.

"Sizi ağlatmak istemiyordum. Bir daha çiçek

çalmayacağıma, şimdikinden de çalışkan olacağıma söz veriyorum."

"Sorun bu değil, Zezé. Gel şöyle!"

Ellerimi avuçlarına aldı.

"Bana söz vereceksin, senden bir şey isteyeceğim. Çünkü eşsiz bir yüreğin var Zezé."

"Söz veriyorum, ama aldatmak da istemem. Eşsiz bir yüreğim yok. Evdeki durumumu bilmediğinizden böyle konuşuyorsunuz."

"Hiç önemli değil. Bana göre sende eşsiz bir yürek var. Bundan sonra çiçek getirmeni istemiyorum. Sana özellikle çiçek verirlerse başka. Söz mü?"

"Söz. Ama bardak ne olacak? Hep boş mu kalacak?"

"Bu bardak bir daha boş kalmayacak. Ona baktığımda, içinde hep yeryüzünün en güzel çiçeğini göreceğim ve 'bu çiçeği bana en iyi öğrencim verdi' diye düşüneceğim. Tamam mı?"

Şimdi gülüyordu. Elimi bıraktı ve tatlılıkla:

"Artık gidebilirsin altın yürekli çocuk," dedi.

"Öldüğünü görmek istiyorum bir zindanda"

Okulda öğrenilen ilk şey, en yararlı şey, haftanın günleriydi. Haftanın günlerini öğrendiğim için, onun da salı günleri geldiğini biliyordum. Daha sonra, iki salıda bir garın öbür yanındaki sokaklara gittiğini, ertesi hafta da bizim oralara geldiğini keşfettim.

Bu nedenle, o salı okulu astım. Totoca'nın durumu öğrenmesini istemiyordum; yoksa, evdekilere bir şey söylemesin diye ona bilye almak zorunda kalacaktım. Vakit daha erken olduğundan ve ancak kilisenin saati dokuzu çaldığı zaman görüneceği için sokaklarda amaçsız dolaştım. Önce kilisede mola verdim ve heykellere göz attım. Bu hareketsiz, mumlarla çevrili yapıtlardan korkuyordum. Mum alevleri boşlukta titreşiyor, aziz görüntülerini de titretiyordu. Bir aziz olmanın ve böyle hep hareketsiz durmanın hoş bir şey olup olmadığını düşünüyordum.

Kutsal eşyanın bulunduğu yere girdim. Bay Zacarías, şamdanlardaki erimiş mumları çıkarıp yenilerini yerleştirmeye çalışıyordu. Yanıp sonuna gelen mum parçalarını masanın üzerinde topluyordu.

"Günaydın, Bay Zacarías," dedim.

Durdu, gözlüğünü burnunun ucuna itti, geri döndü ve karşılık verdi: "Günaydın, yavrum."

"Size yardım etmemi ister misiniz?"

Bir yandan da gözlerimle mum parçalarını yiyordum.

"Ortalığı altüst etmek için herhalde," diye mırıldandı. "Bugün okula gitmedin mi?"

"Gittim. Öğretmen gelmedi. Dişi ağrıyormuş."

"Yaa!"

Gözlüğünü yeniden burnunun ucuna itip bir daha döndü.

"Kaç yaşındasın küçüğüm?"

"Beş. Hayır altı. Hayır, altı değil, beş."

"Canım, beş mi, altı mı?"

Okulu düşünüp yalan attım: "Altı."

"Eh, altı yaşında olduğuna göre din dersi çağına gelmişsin."

"Din dersine girebilir miyim?"

"Neden giremeyesin? Perşembe günü öğleden sonra saat üçte gelmen yeterli. Bunu istiyor musun?"

"Belli olmaz. Birkaç erimiş mum parçası verirseniz gelirim."

"Neden istiyorsun mum parçalarını?"

Şeytan kulağıma bir şey fısıldamıştı. Bir yalan daha attım:

"Uçurtmamın ipine sürmek için. Mum, ipi sağlamlaştırıyor."

"Öyleyse al hepsini."

Erimiş mumları topladım, defterlerim ve kitaplarımla birlikte çantama koydum. Göklerde uçuyordum.

"Çok teşekkür ederim, Bay Zacarías."

"Unutma ha! Perşembe günü."

Koşarak çıktım. Vakit erken olduğundan, düşündüğüm işi yapacak zamanım vardı. Gazinonun kapısına koştum, kimseler görünmüyordu. Karşıya geçtim, küçük mum parçalarını büyük bir telaşla kaldırım taşlarına sürttüm. Sonra yine koşarak karşıya geçtim ve gazinonun kapalı kapılarından birinin önüne oturup bekledim. İlk kez kimin kayacağını görmek istiyordum.

Bekleye bekleye umudum kırılmış gibiydi. Birden korkunç bir şey oldu. Kalbim yerinden fırlayıverdi. Nanzeazena'nın annesi Bayan Corinha, başında bir yemeni ve elinde bir kitapla evden çıkmış kiliseye doğru gidiyordu.

"Tanrım!"

Piyango çıka çıka ona, annemin bir arkadaşına çıkıyordu demek! Nanzeazena, Glória'nın da arkadaşıydı üstelik! Ona bakacak cesaretim yoktu. Tabanları yağladım ve yolun köşesine kadar koştum, geriye bir göz atmak için durduğumda, kadıncağız yere yuvarlanmış haykırıyordu. Bir yerini kırıp kırmadığını anlamak isteyen sürüyle insan çevresini sarmıştı. Ama bağırmasından ve sesinin tonundan, yalnızca biraz canının yandığı belliydi.

"Buralarda dolaşan, küstah yumurcaklar yapmıştır!" diyordu biri.

Rahat bir soluk aldım. Ama arkamdan doğru bir

elin çantama yapıştığını hissedince bu rahatlık kalmadı.

"Bu işi sen yaptın, değil mi Zezé?"

Bay Orlando-Cabelo-de-Fogo. Uzun zamandır komşumuz olan adam. Dilim tutuldu.

"Yaptın mı, yapmadın mı?"

"Evdekilere söylemeyeceksiniz, değil mi?"

"Bir şey söylemeyeceğim. Ama beni iyi dinle, Zezé! Bu seferlik idare edebiliriz, çünkü o kocakarının yılan gibi bir dili vardır. Ama bir daha yapmaya kalkma sakın, birinin bacağı kırılabilir."

En söz dinleyen tavrımı takındım, beni bıraktı.

Çarşıya dönüp onun gelmesini bekleyerek dolaşmaya koyuldum. Önce, Bay Rozemberg'in pastanesinin önünden geçtim, gülümseyerek.

"Günaydın, Bay Rozemberg," dedim.

Kuru bir günaydınla savuşturdu beni, şekerleme vereceğe benzemiyordu hiç. Boktan herifin tekiydi. Ancak Lalá'yla geldiğimde bana şekerleme verirdi.

"Çabuk, işte göründü!" dedim kendi kendime.

Aynı anda saat dokuzu çaldı. Hiç gecikmezdi zaten. Uzaktan onu izlemeye koyuldum. 'Gelişim' Sokağı'na girdi ve köşeye doğru yürüyüp durdu. Çantasını yere bıraktı, ceketini sol omzuna attı. Ah, ne güzel bir kareli bir gömlekti o. Koca bir adam olunca ben de böyle bir gömlek alacaktım kendime. Üstelik, boynuna kırmızı bir atkı dolamış; şapkasını da biraz geriye doğru itmişti. Derken, sokağı neşeye boğan kalın sesiyle başladı:

"Yaklaşın, baylar, bayanlar! Günün yenilikleri!"

Bahialı şivesi de güzeldi.

"Haftanın gözde şarkıları. Claudionor!.. *Bağışlama.*'.. Chico Viola'nın en son şarkısı. Vicente Célestino'nun en son başarısı. Dinleyin, baylar bayanlar, en son çıkan şarkılar bunlar."

Bu şarkı söyler gibi konuşması beni büyülüyordu.

Söylemesini istediğim şarkı *Fanny'ydi.* O her zaman söyler, ben de ezberlemek isterdim. 'Öldüğünü Görmek İstiyorum Bir Zindanda' bölümüne geldiğinde ürperirdim; o kadar güzeldi. Sesini ayarladı ve *Claudionor'a* başladı:

Morro da Mangueria'da samba yapmaya gittim
Bir kız çağırdı beni; şöyle, şöyle...
Hayır, hayır, gitmeyeceğim; kocası irikıyım.
Bıçağından korkarım...

Hayır, gitmeyeceğim;
kocası kocaman biri...
Ailesini doyurmak için limanda çalışan biri

Susuyor ve açıklıyordu:

"Her keseye uygun şarkı sözü. Altmış yeni şarkı! Son tangolar."

İşte, beni mutlu eden şarkı: *Fanny'yi* söylemeye başlamıştı şimdi:

Yalnız olmasından yararlandın zavallının
İncecik sesiyle bağıramadı bile.
Bıçakladın sen onu, acımasız, hain

(Sesi ılık, tatlı, en katı yüreği bile yumuşatacak bir havaya bürünüyordu şarkının bu bölümüne gelince.)

İyi yürekli, zavallı, zavallı Fanny.

Tanrı tanığım olsun, cezanı çekmelisin...
Öldüğünü görmek istiyorum bir zindanda
Bıçakladın sen onu, acımasız, hain,
İyi yürekli, zavallı, zavallı Fanny.

İnsanlar evlerinden çıkıyor, en çok sevdikleri şarkıyı arayarak bir yaprak satın alıyorlardı. Ben de, *Fanny* yüzünden onun peşini bırakmıyordum.

Yüzünde geniş bir gülümsemeyle bana döndü ve sonunda:

"Sen de bir tane ister misin, küçük?" dedi.

"Hayır, Bayım. Param yok."

"Tahmin etmiştim."

Çantasını aldı ve sokakta bağırarak birkaç adım attı.

"*Bağışlama* valsi! *Seni Beklerken Sigara İçiyorum* ve *Hoşçakalın Delikanlılar, Kralların Gecesi'n*den daha da moda olan tangolar. Kentlerde bunlardan başka şey söylenmiyor... *Gökyüzünün Işığı*, gerçek bir harikadır. Şu sözleri dinleyin!"

Ve başlıyordu söylemeye:

Gözlerinde parlıyor göksel bir ışık
Bir yıldız yağmuru ışıldıyor boşlukta
Görür gibiyim.
Yemin ederim yoktur göklerde
Daha büyüleyici, daha güzel gözler...

Ah! Unutmak istemem, bırak gözlerine bakayım
Ayışığındaki o talihsiz aşkın öyküsünü...
Umutsuz aşkın acılarını
Konuşmadan anlatan gözlerine bakayım...

Başka şarkı adları da söyledi. Birkaç şarkı sözü sattı ve yeniden beni gördü. Durdu, bir el işaretiyle yanına çağırdı:

"Yaklaş ufaklık."

Gülerek, dediğini yaptım.

"Arkamdan gelmeyi bırakacak mısın, bırakmayacak mısın?"

"Hayır efendim, bırakmayacağım. Yeryüzünde hiç kimse sizin kadar güzel şarkı söyleyemez."

Sözlerim hoşuna gitmişti, beni başından atmak gelmiyordu içinden. Kazanmaya başladığımı anladım.

"Ama sülük gibisin," dedi.

"Vicente Celestino ve Chico Viola kadar iyi söyleyip söylemediğinizi anlamak için size yapıştım. Üstelik onlardan çok daha iyi söylüyorsunuz."

İyice gevşemişti, güldü.

"Onları hiç dinledin mi ufaklık?"

"Evet Bayım. Doktor Adaucto Luz'un gramofonunda dinledim."

"Herhalde gramofon eski, iğne de kötüydü."

"Hayır efendim. Yeni alınmış pırıl pırıl bir gramofondu. Siz daha iyi söylüyorsunuz. Bir şey daha düşündüm ben."

"Söyle bakalım."

"Sizinle geliyorum, tamam mı? Şarkı sözlerinin kaça satılacağını bana öğretirsiniz. Siz şarkı söylersiniz, ben bunları satarım. İnsanlar çocuklardan her şeyi kolaylıkla alırlar."

"Fena buluş değil, ufaklık. Ama şunu kafana koy: Gelirsen istediğin için gelirsin. Sana ayrıca para veremem."

"Benim de bir şey istediğim yok zaten."

"Öyleyse niçin geliyorsun?"

"Çünkü şarkı söylemeyi çok seviyorum. Öğrenmekten hoşlanıyorum. *Fanny* bence dünyanın en güzel şarkısı. Hem sonra akşam olduğunda, iyi satış yaptığınızı görürseniz, kimsenin almadığı eski bir şarkı yaprağını ablama götürmem için bana verebilirsiniz belki de."

Şapkasını çıkardı ve saçlarının en kısa olduğu yerde kafasını kaşıdı.

"Glória adında bir ablam var," diye sözlerimi sürdürdüm. "Şarkı sözlerini ona götüreceğim."

"Peki öyleyse, hadi!"

Başladık birlikte şarkı söylemeye ve şarkı sözü satmaya. O söylüyor, ben öğreniyordum.

Öğlen olduğunda, düşünceli düşünceli yüzüme baktı.

"Öğle yemeğine gitmiyor musunuz?"

"İşimiz bitmeden hayır!"

Yeniden kafasını kaşıdı. Sonra,

"Gel bir şeyler yiyelim," dedi.

Ceres Sokağı'nda bir kahveye oturduk, çantasının dibinden koca bir sandviç çıkardı. Belinden bıçağını çekti. Korkunç bir bıçaktı. Sandviçten bir parça kesip bana verdi. Sonra küçük bir bardak içki yuvarladı ve yemeğimizle birlikte içmemiz için iki limonata ısmarladı. Sandviçi ağzına götürürken dikkatle beni inceliyordu; gözlerinde, hoşnut olduğunu gösteren bir anlam vardı.

"Biliyor musun, ufaklık, bana uğur getiriyorsun. Yığınla çocuğum var ama, bana yardım etmesi için birini bile yanıma almayı hiç düşünmedim."

Limonatasından koca bir yudum aldı.

"Kaç yaşındasın?"

"Beş. Altı... Beş."

"Beş mi, altı mı?"

"Daha altı yaşını doldurmadım."

"Peki ama. Çok zeki ve tatlı bir çocuksun."

"Bu dediğiniz, gelecek salı da buluşacağız anlamına mı geliyor?"

Güldü.

"İstersen, evet."

"Elbette istiyorum. Ama ablamı ayarlamam gerek. Anlayış gösterecektir. İyi de olacak, çünkü garın öbür yanına hiç gitmedim."

"Oraya gideceğimi nereden biliyorsun?"

"Çünkü her salı yolunuzu bekliyorum da... Bir salı günü geliyor, bir salı gelmiyorsunuz. Bunun üzerine demiryolunun öbür yanına gittiğinizi düşündüm."

"Bakın hele şu yaramaza. Adın ne senin?"

"Zezé."

"Benimki Ariovaldo. Tokalaşalım."

Dostluğumuzu ölünceye kadar mühürlemek için elimi avuçlarına aldı.

* * *

Glória'yı inandırmak pek güç olmadı.

"Ama Zezé, haftada bir gün derslerin ne olacak?"

Ona defterimi gösterdim; ödevlerimin hepsi temiz yapılmış, iyi yazılmıştı. Notlar çok iyiydi. Aritmetik defterim de öyleydi.

"Godóio, okumada da sınıfın en iyisiyim."

Yine de karar veremiyordu.

"Okuduğumuz şeyi altı ay boyunca yineleyip duruyoruz. Hep de aynı konular. O eşek sürüsünün bunları öğrenmesi için dünya kadar zaman gerek."

Güldü.

"Ne biçim söz o, Zezé?"

"Ama doğru söylüyorum, Glória. İnsan şarkı söyleyerek çok daha fazla şey öğreniyor. Öğrendiğim bütün yenilikleri bilmek istiyor musun? Sonra, Edmundo Dayı açıklamasını da yaptı. Talihsizlik, göksel boşluk gibi kavramlar... Üstelik sana da her hafta bir şarkı sözü getireceğim ve dünyanın en güzel şeylerini öğreteceğim."

"Kabul. Ama bir başka sorun var. Babam, senin salı günü öğle yemeğine gelmediğini anlayınca ona ne diyeceğiz?"

"Hiçbir şey olmaz. Sorarsa yalan söylersin. Dindinha'ya öğle yemeğine gitti, dersin. Nanzeazena'ya bir şey götürdüğümü, orada yemeğe kaldığımı söylersin."

Tanrım! Neyse ki bu yalnızca bir düşünceydi, çünkü o cadaloz kadın yaptığımı bir öğrenirse!..

Glória sonunda kabul etti. Bu işin, yeni yaramazlıklar bulmama engel olacağını ve daha az dayak yememe yol açacağını biliyordu. Hem sonra, çarşamba günleri portakal ağaçlarının altında oturup ona şarkı öğretmek de güzeldi.

Salı günü sanki hiç gelmeyecek gibiydi. Bay Ariovaldo'yu istasyonda beklerdim. Treni kaçırmazsa sekiz buçukta gelirdi.

Her şeyi inceleyerek her yere dalıp çıkardım. Pastanenin önünden geçmeyi ve insanların garın merdivenlerinden inişini seyretmeyi severdim. Pabuç boyamak için iyi bir yerdi burası. Ama Glória, boyacılığı yasaklamıştı. Çünkü polis beni kovalayıp sandığımı alabilirdi. En tehlikesi de, tren vardı. Ancak Bay Ariovaldo elimi tutarsa gidebilirdim demiryolunun yakınına, üzerinden geçen köprüde bile elimi tutması gerekiyordu.

Telaşla geldiğini görürdüm. *Fanny'den* beri, müşterilerin isteklerini bildiğime kesinlikle inanıyordu.

Garın önünde, fabrika bahçesinin karşısındaki duvarın üzerine otururduk. Sayfaları çevirir ve başlangıcını söyleyerek şarkıyı bana öğretirdi. Beğenmezsem, bir başkasına geçerdi.

Bu yeni bir parça adı: *Numaracı.*

Söylemeye koyuldu.

"Bir daha söyleyin."

Sonunu yineledi.

"*Fanny* ve tangolarla birlikte, Bay Ariovaldo, hepsini satacağız."

Güneş ışığı ve tozla kaplı yolları arşınlıyorduk. Yazın geldiğini bildiren ötücü kuşlardık.

Ortalığı çın çın dolduran güzel sesi, sabahı uyandırırdı:

"Günün, ayın, yılın şarkısı Chico Viola'nın plağa okuduğu: Numaracı!"

Ay doğar gümüş tepsi
Yemyeşil dağın tepesinde
Sevgilisinin penceresinde
Âşık, çalıp söyler şarkısını

Tutku dolu sesiyle
İnleyen gitarının telleriyle
Gecenin şarkıcısı dile getirir sevgilisine
Kalbinin ona söylediklerini...

Burada durur, başıyla tempo tutar ve ben incecik sesimle ona katılırdım:

Ey büyüleyici kadının güzel görüntüsü

Ah, bir mihrap dikebilsem adına.
Işığımsın, düşlerimsin.
Biricik sevgilimsin benim...

Olaydı bu! Genç kızlar, delikanlılar, her yaştan ve her sınıftan insan bu şarkının sözlerini satın almak için koşar gelirlerdi.

En çok sevdiğim, özellikle dört yüz ve beş yüz reis'lik broşürleri satmaktı. Alan, bir genç kızsa, sorun yoktu.

"Paranızın üstü, küçükhanım," dediğimde,

"Sende kalsın, şeker alırsın," diyordu genellikle.

Gitgide, Bay Ariovaldo'nun konuşmasını bile benimsiyordum.

Öğle oldu mu hep aynı şeyi yapardık: Rastladığımız ilk kahveye girer, *hıtır, hıtır, hıtır* yer, yanında ya sodayla portakal suyu, ya sodayla frenküzümü suyu içerdik.

Ardından elimi cebime atar ve paraları masanın üzerine yayardım.

"İşte, Bay Ariovaldo!" deyip önüne iterdim hepsini.

Güler ve şöyle karşılık verirdi:

"Çok *namuslu* bir yumurcaksın, Zezé!"

"Bay Ariovaldo. Bana daha önceleri söylediğiniz, 'ufaklık' sözü ne anlama geliyor?"

"Anayurdum kutsal Bahia'da küçük, cılız, miniminnacık çocuk, demektir..."

Başım kaşıdı ve geğirmek için elini ağzına götürdü. Özür diledi ve bir kürdan aldı. Para aynı yerde duruyordu.

"Şunu düşünüyordum Zezé," diye ekledi: "Bugünden sonra bozukluklar sende kalabilir. Hem biz *düettocu'luk* yapmıyor muyuz?"

"*Düettocu* ne demek?"

"İki kişinin birlikte şarkı söylemesi."

"Öyleyse bir *maria-mole*[1] isteyebilirim?"

"Ne istersen yap arkadaş. Para senin."

"Teşekkür ederim, 'arkadaş!'"

Taklidime güldü. Pastamı yerken ona bakıyordum.

"Gerçekten düettocu muyuz biz?"

"Artık öyle."

"O zaman izin verin de, *Fanny'in* koro bölümünü ben söyleyeyim. Siz yüksek sesle söylersiniz, ben hafiften katılırım."

"Kötü bir öneri değil, Zezé."

"Elbette. Yemekten sonra işe koyulduğumuzda *Fanny'yle* başlarız; çok seviliyor."

Yakıcı güneşin altında gerçekten de işe koyulduk.

Fanny'ye başlamıştık ki, bir felaket oldu: Şemsiyesinin altında kaskatı ve yüzü pudradan bembeyaz, Bayan Maria de Penha tam karşıdan geliyordu. *Fanny'yi* işitince durdu. Bay Ariovaldo felaketi sezmişti; şarkıya devam ederken yürümem için dirseğiyle beni dürttü. Ama boşuna! Fanny'ye öyle dalmıştım ki hiçbir şey fark etmedim.

Bayan Maria de Penha şemsiyesini kapadı, ucuyla pabucunun burnuna vurmaya koyuldu. Şarkıyı bitirdiğimde öfkeli bir havaya bürünüp bağırdı:

"Çok güzel! Çok güzel! Bir çocuğa böyle ahlaksızca bir şarkı söyletmek gerçekten güzel!"

"Bayan, bu işin *ahlaksızca* bir yanı yok. Namuslu bir iştir bu, utanç duymuyorum işimden, anlıyor musunuz?"

---

[1] *Maria-Mole:* Bir pasta türü. (Çev.)

Bay Ariovaldo'yu hiç bu kadar sinirli görmemiştim. Kadın kavga arıyordu, aradığını da bulacaktı.

"Bu çocuk sizin oğlunuz mu?"

"Hayır efendim, *ne yazık ki* değil."

"Yeğeniniz mi, ailenizden biri mi?"

"Ailemle ilgisi yok."

"Kaç yaşında?"

"Altı."

Boyuma bakıp kuşkuya düştü. Ama gerilemedi:

"Bir çocuğu sömürmeye utanmıyor musunuz?"

"Hiç kimseyi sömürdüğüm yok. İstediği ve hoşlandığı için benimle şarkı söylüyor, anladınız mı? Hem ona para da veriyorum. Vermiyor muyum?"

Başımla evetledim. Kavga çok hoşuma gidiyordu. Kadının güm diye yere yuvarlandığımı işitmek için karnına bir kafa atmak geçiyordu içimden.

"Gereken önlemi alacağımı bilin. Papaz Efendi'yle konuşacağım. Ergin olmamış çocuklarla uğraşan yargıçla konuşacağım. Polise bile gideceğim."

Tam o sıra sustu ve gözleri dehşetle doldu. Bay Ariovaldo koca bıçağını çekmiş ona yaklaşıyordu. Kadının bayılacağı ânı kestirebiliyordum.

"Defolun bayan. Defolun gidin, hemen. Kötü bir insan değilim, ama başkalarının hayatına karışan cadalozların dilini kesmek gibi bir huyum vardır."

Kocakarı kaskatı kesilip uzaklaştı. Biraz ötede döndü, öfkeli bir hareketle şemsiyesini salladı:

"Göreceksiniz!.."

"Defolun, seni zardalozun cadalozu!.."

Kadın şemsiyesini açtı ve uzaklaştı.

* * *

Öğleden sonra Bay Ariovaldo 'paraları' sayıyordu.

"Elimdekilerin hepsini sattım, Zezé. Haklısın; bana uğur getiriyorsun."

Bayan Maria de Penha'yı düşündüm yine.

"Bir şey yapar mı?"

"Hiçbir şey yapamaz, Zezé. Çok çok, papazla konuşur. Papaz da ona: 'En iyisi, bu işin arkasını bırakın, Bayan Maria. Kuzeylilerin şakası yoktur,' der."

Paraları cebine attı, çantasını topladı. Sonra pantolon cebinden dörde katlanmış kâğıdı çıkardı.

"Bu da ablan Glória için."

Gerindi.

"Nefis bir gün oldu!" diye ekledi.

"Bay Ariovaldo?"

"Ne var?"

"'Zardalozun cadalozu' ne demek?"

"Ne bileyim yavrum? Öfkeyle uyduruverdim işte."

Ve durumundan pek hoşnut, bastı kahkahayı.

"Gerçekten onun karnını deşmek istiyor muydunuz?"

"Tabii ki hayır. Korkutmak için yaptım bunu."

"Karnını deşseydiniz ne çıkardı içinden? Bağırsak mı, yoksa oyuncak bebeklerdeki gibi kıtık mı?"

Gülerek ve dostça yanağımı okşadı:

"Bir şey söyleyeyim mi sana, Zezé? Sanırım bok çıkardı..."

Birlikte gülmeye koyulduk.

"Korkma canım. Adam öldürmek elimden gelmez. Kimseyi, bir tavuğu bile kesemem ben. Karımdan da öyle korkarım ki, beni hep süpürge sapıyla döver."

İstasyona gitmek üzere ayağa kalktı. Elimi sıkarken,

“Yine de emin olmak için, *bir süre* bu sokaktan geçmemeliyiz,” dedi.

Elimi daha da güçlü sıktı.

“Haftaya görüşmek üzere arkadaş!”

Başımla evetledim. Ağır ağır istasyonun basamaklarını çıktı. Tepeden bana seslendi:

“Sen bir meleksin, Zezé!”

Ona veda ettim ve gülmeye koyuldum.

Melek ha! Bilse ki...

İKİNCİ BÖLÜM

O sıra göründü küçük İsa
olanca hüznüyle

Yarasa

"Elini çabuk tut Zezé, okula geç kalacaksın!"

Masanın başına oturmuş, hiç acele etmeden kuru ekmekle kahvemi yiyip içiyordum. Her zamanki gibi bir dirseğim masaya dayalıydı, duvara raptiyelenmiş takvime bakıyordum.

Glória sinirli ve telaşlıydı. Dinlenmiş bir kafayla ev işlerine başlamak için, öğlene kadar görünmemek üzere bir an önce kaybolmamızı sabırsızlıkla bekliyordu.

"Hadi bakalım, şeytan," dedi. "Daha saçın bile taranmamış, hep saatinde hazırlanan Totoca gibi olmalısın."

Gidip bir tarak getirdi. Saçlarımı taramaya başladı beni.

"Şu sarı çıyanın taranacak üç tel bile saçı yok," diye söyleniyordu bir yandan da.

Ayağa kaldırıp tepeden tırnağa incelemeye başladı. Önlüğüm temiz miydi, ya pantolonum?..

"Artık yolu tut, Zezé."

Totoca ve ben çantalarımızı omzumuza asıyorduk. İçinde kitaplarımız, defterlerimiz, bir de kalemlerimiz vardı yalnızca. Kahvaltılık bir şey söz konusu değildi; öbür çocuklar içindi bu!

Glória çantamın dibini yokladı, bilyelerin ağırlığını hissetti ve güldü. Okula varmadan, çarşının orada giyeceğimiz lastik pabuçlarımız ellerimizdeydi.

Sokağa çıkar çıkmaz Totoca tabanları yağlıyor, beni arkada bırakıyordu. O zaman içimdeki kötülük prensi uyanıyordu. Dilediğimi yapabileceğim için Totoca'nın bırakıp gitmesinden hoşnuttum. Beni asıl büyüleyen, Rio-Sào Paulo yoluydu... Çünkü Yarasa olmak! Evet, *yarasa* olmak. Arabaların arkasına asılmak ve yolun rüzgârını, lastiklerin ıslık çalışında hızı hissetmek. Yeryüzünün en güzel şeyiydi bu. Hepimiz yapıyorduk. Totoca, arkadan gelen arabalar yüzünden çok sıkı tutunmak gerektiğini özellikle öğütleyip nasıl yapılacağını da iyice öğretmişti. Kısa zamanda korku nedir bilmez olmuştum. Serüven tutkusu beni en zorlu arabaların arkasına takılmaya itiyordu. Öyle gözü pek olmuştum ki, Bay Ladislau'nun arabasına daha durmadan atlamıştım. Tek beceremediğim, Portekizli'nin güzel arabasıydı. Gerçekten nefis, bakımlı bir arabadaydı bu. Madenî yerleri ayna gibi parlıyordu. Kornasının çok güzel bir sesi vardı: Kırdaki inekler gibi böğürüyordu. Ve o, bu harika şeyin sahibi olan o adam, insanı hiç de yüreklendirmeyen küstah bir havayla geçip gidiyordu. Kimse kendini bu herife taşıtma cesaretini gösteremiyordu. İnsanı dövdüğü, öldürmeden önce de hadım etmekle tehdit ettiği söyleniyordu. Bu yüzden hiçbir öğrenci, yarasa oyununu ona uygulamaya cesaret edemiyordu. Ya da hiç değilse şimdiye kadar cesaret edememişti.

Bundan Minguinho'ya söz ettiğimde şöyle dedi:

"Gerçekten hiç kimse mi, Zezé?"

"Gerçekten hiç kimse. Bu cesareti kendinde bulan kimse çıkmadı."

Minguinho'nun güldüğünü fark ettim, ne düşündüğümü seziyordu.

"Ama denemek isteğiyle yanıp tutuşuyorsun, değil mi?"

"Orası öyle. Sanırım..."

"Ne sanıyorsun?"

Bu kez gülen bendim.

"Çabuk söyle!"

"Çok meraklısın."

"Nasıl olsa her zaman anlatırsın bana; eninde sonunda anlatırsın, kendini tutamazsın."

"Şunu biliyor musun, Minguinho? Evden saat yedide çıkıyorum, değil mi? Kavşağa vardığımda saat yediyi beş geçiyor. Yediyi on geçe de Portekizli, arabasını 'Yoksulluk ve Açlık' Bakkaliyesi'nin köşesinde durdurup bir sigara alıyor... Günün birinde cesaretimi toplayacağım, arabaya binmesini bekleyeceğim ve hop!.."

"Bunu yapamayacak gibisin."

"Yapamaz mıyım? Görürsün."

* * *

Şimdi yüreğim çarpıyordu. Araba durmuş, Portekizli inmişti. Minguinho'nun davranışı, beni cesaretle korku arasında kararsız bırakıyordu. Gitmek istemiyordum, ama gururum da koşmaya zorluyordu beni. Barın arkasını dolandım ve duvar dibine büzüldüm. Fırsattan yararlanıp lastik pabuçlarımı da giydim. Yüreğim öylesine çarpıyordu ki, tütüncü dükkânında bulunan Portekizli'nin, yüreğimin sesini duymasından korkuyordum. Bir şey fark etmeden dışarı çıktı. Kapının açıldığını işittim...

"Ya şimdi ya da hiçbir zaman, Minguinho!"

Bir atılışta arkadaki yedek tekerleğe yapıştım, korku bana güç veriyordu. İlkokula kadar uzunca bir yol olduğunu biliyordum. Arkadaşlarıma karşı kazandığım zaferin tadı şimdiden damağımdaydı

"Ay!.."

Öyle güçlü, öyle tiz bir haykırış koyvermiştim ki, insanlar bir kaza olup olmadığını anlamak için dükkânın kapısına koştular.

Arabanın üstünde yerden elli santim yükseklikte asılı kalmıştım; sallanıyor, sallanıyordum. Kulaklarım ateş gibiydi. Planımda bir yanlışlık olmuştu herhalde. Heyecandan, motorun çalışıp çalışmadığına kulak vermeyi unutmuştum.

Portekizli'nin koca suratı sanki daha da büyümüştü. Gözlerinde şimşekler çakıyordu.

"Seni haylaz seni!" diye haykırdı. "Demek sendin, ha? Böyle bir yumurcakta bu kadar küstahlık!.."

Beni yere bıraktı. Kulaklarımdan birini de koyverdi ve koca koluyla gözdağı verdi.

"Her gün arabamı gözlediğini fark etmedim mi sanıyorsun, haylaz? Sana öyle bir ders vereyim ki bir daha aynı şeyi yapma isteğini duymayasın."

Küçük düşmek, çektiğim acıdan daha çok üzüyordu beni. Bu hayvana ağız dolusu sövmek isteği duyuyordum içimde.

Ama beni bir türlü bırakmıyordu. Düşüncelerimi sanki seziyor, boştaki öbür eliyle beni korkutmaya devam ediyordu.

"Konuş. Söv hadi. Neden konuşmuyorsun?"

Gözlerim yaşlarla doluydu. Bu sahnede hazır bulunan ve kötü kötü gülen insanlar karşısında acı çekmek ve küçük düşürülmek yüzünden gözlerimde biriken yaşlarla susuyordum.

Portekizli alaylarını sürdürüyordu:

"Hadi, neden bana sövmüyorsun, yumurcak?"

İçimden vahşi bir başkaldırma isteği yükseldi, nefret dolu bir sesle ona karşılık verebilmeyi başardım:

"Şimdi hiçbir şey söylemiyorum, ama düşünüyorum! Büyüdüğümde sizi öldüreceğim bayım!"

Bir kahkaha koyverdi, oradakiler de onu taklit ettiler.

"İyi ya, büyü öyleyse, yaramaz. Seni bekliyorum. Ama daha önce sana iyi bir ders vereceğim."

Kulağımı bırakıp beni dizlerinin üzerine yatırdı. Bir şaplak indirdi kıçıma, bir tek şaplak. Ama öylesine hızlı vurmuştu ki, kıçımın karnıma girdiğini sandım. Sonra beni bıraktı.

Sendeleyerek, alaylı sözler arasında uzaklaştım. Rio-Sào Paulo yolunun öbür yanına vardığımda acıyan kaba etlerimi ancak ovuşturabildim. Orospu çocuğu! Görürdü gününü o! Öcünü alacağıma yemin ettim. Yemin ettim ki... ama bu uğursuz heriflerden uzaklaştıkça acı azalıyordu. En kötüsü de, okuldakilerin durumu öğrendiklerinde yapacaklarıydı. Ya Minguinho'ya ne diyecektim? Olayı görenler, bir hafta boyunca, 'Yoksulluk ve Açlık'ın önünden her geçişimde, büyük insanlara özgü o her zamanki ukalalıklarıyla bana güleceklerdi. Daha erken evden çıkmalı ve başka bir yerden geçmeliydim...

Çarşıya yaklaşırken bu havalardaydım. Gidip çeşmede ayaklarımı yıkadım, lastik pabuçlarımı giydim. Totoca beni heyecan içinde bekliyordu. Başarısızlığımı ona anlatmayacaktım.

"Zezé, bana yardım etmelisin."

"Ne yaptın?"

"Bié'yi hatırlıyor musun?"

"Baron de Capanema'da oturan şu boğa mı?"

"Evet. Çıkışta beni dövecek. Onunla benim yerime dövüşür müsün?"

"Ama beni öldürür."

"Hiç bile, sen kavgacısın ve yüreklisin."

"Tamam. Çıkışta mı?"

"Çıkışta."

Totoca böyleydi, hep başı derde girerdi, bunların sıkıntısını ben çekerdim. Ama hoşuma da gitmiyor değildi. Portekizli'ye karşı içimde biriken öfkenin bütün acısını Bié'den çıkaracaktım.

Gerçek şu ki, o gün esaslı bir sopa yedim; kavganın sonunu, morarıp kapanmış gözler ve sıyrık içinde kalmış kollarla getirdim. Totoca öbür çocuklarla birlikte yere oturmuştu. Kendi kitaplarıyla benimkiler dizlerinin üzerinde, yalnızca beni yüreklendiriyordu. Aynı zamanda da yol gösteriyordu:

"Karnına bir kafa at Zezé! Isır onu, tırmala, yağ tulumunun teki. Okkalı bir tekme savur orasına."

'Yandaşlarıma' ve verdikleri öğütlere karşın, Bay Rozemberg, pastanesinden çıkmasa, pestile dönecektim. Kasasını bıraktı ve Bié'yi yakasından tutup sarsarak çekti.

"Utanmıyor musun? Senin gibi koca bir çocuğun böyle bacak kadar birini dövmesi ayıp değil mi?"

Evde konuşulanlara bakılırsa, Bay Rozemberg'in ablam Lalá'ya gizli bir tutkunluğu vardı. Hepimizi tanıyordu ve içimizden biri Lalá'yla birlikte olduğunda, Bay Rozemberg altın dişlerini ışıldatan geniş bir gülümsemeyle pastalar ve şekerlemeler sunardı.

* * *

Dayanamadım, sonunda yenilgimi Minguinho'ya anlattım. Bu morarıp şişmiş gözle yenilgimi ondan uzun süre saklayamazdım da ayrıca. Babam beni bu durumda görünce birkaç tokat attı ve Totoca'ya öğütler verdi. Babam, Totoca'yı hiç dövmezdi, beni döverdi yalnızca. Çünkü kötü olan her şey vardı bende!

Minguinho olanları duymuştu kuşkusuz. Öyleyse neden ona anlatmamalıydım? Beni dinledi, sözümü bitirdiğimde nefretle konuştu:

"Ödlek!"

"Ne kavgaydı ama, görmeliydin..."

Böylece, Portekizli'yle aramda geçenlerin hepsini anlattım. Yürekliliğim soluğunu kesmişti, bana şu öğüdü verdi:'

"Bir gün öcünü almak zorundasın!"

"Evet, alacağım öcümü. Tom Mix'ten tabancasını, Fred Thompson'dan 'Ayışığı'nı alıp, bir alay da Komançi Kızılderilisi toplayacağım. Günün birinde sana, onun bir bambunun ucunda dalgalanan saçlarını getireceğim."

Yine de az sonra öfkem geçti gitti, başka şeylerden konuşmaya başladık.

"Xururuca, haberin yok. Geçen hafta, iyi bir öğrenci olduğum için bana *Tılsımlı Gül* adlı masal kitabını armağan ettiklerini hatırlıyor musun?"

"Evet hatırlıyorum."

"Kitabı okuduğumu sana söylemedim daha. Bir periden kırmızı-beyaz bir gül alan prensin öyküsüydü. Bu değerli prens, koşumları altından bir ata biniyormuş; kitapta öyle anlatılıyor. Bu altın koşumlu at üzerinde serüven arayarak yolculuk ediyormuş. İlk tehlikede tılsımlı gülü bir sallıyormuş, kaçıp kurtulabilmesi için korkunç bir duman beliriyormuş ortalıkta. Doğrusunu istersen, Minguinho, bu masalı çok saçma buldum. Biliyor musun, benim yaşamak istediğim serüvenler gibi değil bu. Ben Tom Mix'inkiler, Buck Jones'unkiler gibi, Fred Thompson'unkiler, Richard Talmadge'inkilere benzer gerçek serüvenler yaşamak istiyorum... Deli gibi dövüşüyorlar onlar. Tabancalar atılıyor, yumruklar konuşuyor... Her tehlikeden kurtulmalarını sağlayacak tılsımlı bir gül olsa işin çekiciliği kalmazdı. Ne dersin?"

"Ben de sıkıcı olacağı görüşündeyim."

"Ama senden istediğim bu değil. Bir gülün gerçekten böyle şeyler yapabileceğine inanıp inanmadığını öğrenmek istiyorum."

"Gerçekten de çok garip geliyor insana."

"Büyükler birtakım masallar anlatıyorlar ve çocukların her anlattıklarına inandıklarını düşünüyorlar."

"Çok doğru."

Bir gürültü işittik, Luís yaklaşıyordu. Küçük kardeşim gitgide tatlı bir çocuk oluyordu. Ne sulugözlü, ne de şamatacı. Onunla uğraşmak zorunda kaldığım zamanlar bile, bu işi hemen hep isteyerek yapıyordum.

Minguinho'ya şöyle dedim:

"Ona bu masalı anlatacağım için konuyu değiş-

tirdim, çok da beğenecek. Küçük bir çocuğun hayallerini yıkmamalı!"

"Zezé, oynayalım mı?"

"Ben oynuyorum işte. Sen ne yapmak istiyorsun?"

"Hayvanat bahçesinde gezinmek istiyorum."

İçinde yalnızca kara tavukla iki pilicin bulunduğu kümese isteksizce baktım.

"Çok geç oldu," dedim. "Aslanlar yatmaya gitti, Bengal kaplanları da. Bu saatte her yer kapalı. Bilet satmıyorlar artık."

"Öyleyse Avrupa'da yolculuk edelim."

Bu küçük haşan, her duyduğunu belliyor, yanılmadan da yineliyordu. Ama işin doğrusu, şu Avrupa yolculuğuna da hiç istekli olmadığımdı. Minguinho'nun yanında kalmayı yeğliyordum. Minguinho, benimle alay etmiyordu, şiş gözümü başıma kakmıyordu.

Küçük kardeşimin yanında oturdum, ona tatlılıkla şöyle dedim:

"Otur şuraya, bir oyun düşüneceğim."

Ve az sonra saflık perisi, beyaz bir bulutun üzerinde, uçarak geçti. Ağaç yapraklarını, ırmaktaki yüksek otları, Xururuca'nın dallarını oynattı. Bir gülümseme aydınlattı hırpalanmış yüzümü.

"Bunu sen mi yaptın Minguinho?" diye sordum.

"Ben mi, hayır."

"Ah! Ne güzeldi ama. Rüzgâr çağı geliyor."

Sokağımızda her şeyin bir çağı vardı. Bilyelerin çağı. Topaç çağı. Sinema yıldızlarının resimlerini toplama çağı. Uçurtma çağı, çağların en güzeliydi. Gökyüzünün her köşesi renk renk uçurtmalarla kaplı olurdu; her biçimde güzel uçurtmalarla. Gökyüzünde bir savaştır giderdi. Uçurtmaların başları tokuşur, savaşlar çıkar, kementler atılır, kılıçlar savrulurdu.

Bu arada jiletler de uçurtmaların iplerini keser ve bir uçurtma, dengesiz kuyruğunu ipine sararak döne döne yere inerdi. Güzeldi bütün bunlar. Yeryüzü sokak çocuklarınındı; Bangu'nun bütün sokaklarındaki çocukların! Sonra elektrik tellerine takılı bir ölü kalırdı geriye. Ve koşturdu hemen Elektrik İdaresi'nin kamyonu. Öfkeli adamlar, tellerin canına okuyan ölü uçurtmaları çıkarmaya gelirlerdi. Rüzgâr... rüzgâr... Derken rüzgârla birlikte aklıma bir şey geldi:

"Avcılık oynayalım mı, Luís?"

"Ata binmeyi bilmem."

"Büyüyecek ve yakında öğreneceksin. Otur şuraya ve ata nasıl binildiğine bak."

Minguinho bir anda yeryüzünün en güzel atı oluverdi; hızı arttı, kısacık otlar, yemyeşil uçsuz bucaksız bir ovaya dönüştü: *Kovboy* giysim altın işlemeliydi. Göğsümde şerif yıldızı parlıyordu.

"İleri küçük at, ileri! Dörtnal, dörtnal!.." diye bağırdım.

Lak-lak-lak. Yeniden bulmuştum Tom Mix ve Fred Thompson'u, Buck Jones bu kez gelmek istememişti, Richard Talmadge de yeni bir filmde oynuyordu.

"İleri, ileri, küçük at! Dörtnal, dörtnal! İşte tozu dumana katarak gelen Kızılderili dostlarım..."

Lak-lak-lak! Kızılderililerin nal sesleri büyük bir gürültü çıkarıyordu.

"Dörtnal, dörtnal, küçük at! Ova, bizonlar ve yaban öküzleriyle dolu. Ateş açacağız, dostlarım! *Grav, grav, grav... Taka, taka, taka... Fiyu, fiyu, fiyu!*" Oklar ıslık çalıyordu...

Rüzgâr, nal sesleri, çılgınca at sürme, toz bulutları ve neredeyse haykıran Luís'in sesi.

"Zezé! Zezé!"

Atımı hafifçe durdurdum ve gösterdiğim başarılardan ötürü başım dönmüş durumda yere atladım.

"Ne var? Yoksa bir yabanöküzü üzerine mi geliyor?"

"Hayır, başka bir oyun oynayalım. Çok Kızılderili var, korkuyorum."

"Ama bunlar Apaçi'ler. Hepsi dost."

"Yine de korkuyorum. Çok Kızılderili var."

Fetih

İlk günler, sigara almak için durduğunda Portekizliye rastlamamamak için erken çıkıyor, üstelik yolun öbür yanında yürümeye ve evleri birbirinden ayıran sütleğen çitlerinin gölgesinde gizlenmeye dikkat ediyordum. Rio-Sáo Paulo yoluna varır varmaz karşıya geçiyor; lastik pabuçlarım elimde, neredeyse fabrikanın duvarına yapışarak yola devam ediyordum. Bütün bu önlemler birkaç gün sonra gereksizleşti. Sokağın belleği zayıftır çünkü. Artık kimse, Bay Paulo'nun oğlunun becerilerini hatırlamıyordu. Yalnız suçlama sırasında beni şöyle gösteriyorlardı: Bay Paulo'nun oğlu bu... Bay Paulo'nun şu azgın oğlu... Bay Paulo'nun şu *ünlü* oğlu... Bir keresinde de korkunç bir şey uydurdular: Bangu takımı, Andaray takımına yenilince şöyle alay ettiler: "Bangu takımı, Bay Paulo'nun oğlu gibi 'pestil'e döndü."

Ara sıra o uğursuz arabanın kavşakta durduğunu görüyor, büyüdüğümde öldürmeye karar verdiğim Portekizli'yi görmemek için yolumu değiştiriyordum. Evet, yeryüzünün en güzel arabasının direksiyonunda çalımla oturan o hayvanın geçişini görmemek için adımlarımı yavaşlatıyordum.

O sıra birkaç gün ortadan kayboldu Portekizli. Ne büyük rahatlıktı! Kuşkusuz çok uzaklara gitmişti, belki de tatile. Daha rahat bir yürekle okulun yolunu tuttum; bu adamı ilerde öldürme zahmetine değip değmediğini bile düşünmeye başlamıştım. Ama kesin olan bir şey de vardı: Daha gösterişsiz bir otomobilin arkasına atladığımda aynı heyecanı hiç duymuyordum; kulaklarım da başlıyordu yanmaya.

İnsanlarla sokağın günlük hayatı olağan akışını izliyordu. Uçurtma ve sokaktaki 'çılgın oyunlar çağı' gelmişti. Mavi gökyüzü her renkteki o eşsiz uçurtmalarla kaplıydı. *Rüzgâr* çağı geldi mi, Minguinho'dan biraz uzaklaşıyordum, ancak esaslı bir kötekten sonra cezaya çarptırıldığımda gidip yeniden onu buluyordum. Kaçmaya da kalkmıyordum hiç, çünkü kaba etlere üst üste inen iki tokat insanın canını müthiş yakıyordu. Böyle durumlarda Kral Luís'i, şekerportakalı fidanını süslemeye, koşumlarını takmaya -bayılıyordum bu deyime- götürüyordum. Fidanımın büyüdüğünü söylemek gerek, yakında bana çiçek ve meyve verecekti. Öbür portakal ağaçları geç kalmıştı. Benim şekerportakalı fidanım, Edmundo Dayı'nın benim için söylediği gibi 'erken gelişmişti'. Daha sonra Dayım bunun ne anlama geldiğini anlattı bana: ötekilerden önce olan şey. Aslında Dayımın bu konuyu bana pek iyi anlatamadığını sanıyorum. Şu anlama geliyordu yalnızca: 'İlerde olan her şey.'

Sicim parçaları, iplikler alıyor, bir sürü gazoz kapağını delip Minguinho'ya 'koşum' takıyordum. Güzelliği görülmeye değerdi! Rüzgâr estiğinde gazoz kapakları birbirine vuruyordu sanki. 'Ayışığı'na binen Fred Thompson'un mahmuzları vuruyordu birbirine...

İlkokulun dünyası da çok hoştu. Bütün ulusal marşları ezbere biliyordum. Gerçek büyük marşı, öbür bayrak marşlarını ve Ulusal Özgürlük marşını: 'Özgürlük, kanatlarını aç ülkemize.' Benim en çok sevdiğim buydu, Tom Mix'in de sanırım. Ata binip avlandığımız ya da savaşmadığımız günler, bana saygıyla şöyle diyordu:

"Hadi, *Pinagé* savaşçısı! Özgürlük marşını söyle."

İncecik sesim, uçsuz bucaksız ovayı dolduruyordu; salıları Bay Ariovaldo'ya yardım ettiğim sıralar söylediklerimden çok daha güzeldi.

Salı günleri, her zamanki gibi okulu asıp dostum Ariovaldo'yu getirecek treni bekliyordum. Elinde, az sonra satacağımız şarkı sözleri destesiyle, merdivenden inişini görüyordum. İki torba dolusu şarkı sözü vardı yanında; yedekti bunlar. Aşağı yukan her seferinde bütün şarkı sözlerini satardı, ikimizi de sevince boğardı bu...

Okul bahçesinde, zaman buldukça bilye oynardık. Ben bu işin şampiyonu olarak tanınırdım. Attığımı vururdum, çantamdaki bilyelerin üç katıyla eve dönmediğim pek seyrekti.

En duygulandığım olay da, öğretmenim Bayan Cecilia Paim'le olan ilişkimdi. Ona sokakta çocukların en şeytanı olduğum anlatılsa, herhangi birinden daha çok sövdüğüm söylense, inanmazdı. Hele yaramazlıkta benzerim bulunmadığım kanıtlasalar, buna hiç kulak asmazdı. Okulda bir melektim. Bana en ufak bir sitemde bulunan yoktu. O zamana kadar okul içinde gördükleri en küçük çocuk olduğumdan, öğretmenlerin sevgilisiydim. Kendi öğretmenim Bayan Cecilia Paim, yoksulluğumuzu biliyordu; ikindi kahvaltısında benden başka herkesin bir şey yediğini görünce üzülüyor, beni bir kenara çekip pastaneden kremalı börek almaya yolluyordu. Beni o kadar seviyordu ki, onu hayal kırıklığına uğratmamak için uslu duruyordum herhalde.

İşte o sıra başıma geldi bu iş. Her zamanki gibi, Rio-Sáo Paulo yolunda ağır ağır yürüyordum. Derken Portekizli'nin koca arabası yavaşça yanımdan geçti. Korna üç kez çaldı ve canavarın bana gülümseyerek baktığını gördüm. Bu da nefretimi ve büyüyüp onu öldürme isteğimi yeniden uyandırdı. Bütün gururumu topladım ve onu görmezden gelerek başımı dikip geçtim.

* * *

"Sana anlattığım gibi, Minguinho. Her gün aynı şey. Sanki geçmemi bekliyor ve başlıyor korna çalmaya. Üç kez çalıyor. Dün de eliyle bir işaret yaptı."

"Sen ne yapıyorsun?"

"Kılımı bile kıpırdatmıyorum. Onu görmezden geliyorum. Benden korkmaya başlıyor. Yakında altı yaşımı dolduracağım; kısa süre sonra da büyüyüp kocaman olacağım."

"Senden korktuğu için dost olmaya kalkmasın?"

"Hiç kuşkum yok. Bekle, sandığı getireyim."

Minguinho biraz büyümüştü. Eyerime tırmanmak için yere bir sandık koymam gerekiyordu.

"Tamam. Şimdi gevezelik edebiliriz."

Tepeye tünediğimde kendimi herkesten büyük hissediyordum. Görüntüye, ırmaktaki ot kümelerine, onlara konup sağı solu gagalayan saka kuşlarıyla isketelere tepeden bakıyordum. Akşam olup da hava biraz kararınca başka bir Luciano, Campo dos Afonsos'daki uçaklardan biri gibi tepemde neşeyle dönüp durmaya başlıyordu. Başlangıçta, Minguinho bile yarasadan korkmayışıma şaştı, çünkü genellikle bütün çocuklar yarasadan korkar. Üstelik, Luciano günlerdir görünmemişti. Kendine başka bir Campo dos Afonsos bulmuş olmalıydı.

"Gördün mü, Minguinho! Nega Eugénia'nın hintarmutları sararmaya başlıyor. Yakında olgunlaşacaklar. İşin kötüsü, beni bir yakalarsa Minguinho... Bugün üç kez dayak yedim zaten. Ceza verdikleri için buradayım..."

Ama şeytan yere inmeme yardım etti ve beni sütleğen çitine doğru itti. İkindi rüzgârı burnuma hintarmutlarının kokusunu getiriyordu, ya da ben öyle sanıyordum... Sağa bir göz atıyor, solda bir dalı itiyordum ve şeytan kulağıma durmadan fısıldıyordu: "Hadisene, budala! Ortalıkta kimsenin olmadığını görmüyor musun? Bu saatte Japon kadının dükkânına gitmiş olması gerek. Bay Benedito mu? Hiç tehlike yok. Yarı yarıya sağır ve kör. Bir şey görmüyor nasıl olsa. Seni duysa bile kaçacak zaman bulursun..."

Irmağa kadar çiti izledim ve kararımı verdim. Harekete geçmeden, Minguinho'ya gürültü etmemesini işaret ettim. Yüreğim daha hızlı çarpıyordu. Nega Eugénia'nın şakası yoktu. Çok da keskin bir dili vardı. Soluk almadan, parmaklarımın ucuna basarak ilerliyordum ki, mutfağın penceresinden bağırdığını işittim:

"Ne var, yumurcak?"

Bir yalan atıp kaçan topumu almaya geldiğimi söylemeyi bile akıl edemedim. Tabanları yağladım ve küt pat, ırmağın üzerinden atladım. Ama orada beni başka bir şey bekliyordu. Öylesine büyük bir acıydı ki bu, bağıracak oldum. Ne var ki, bağırsam iki kat dayak yiyecektim. Birincisi verilen cezaya uymadığım, ikincisi de komşuların hintarmutlarını çalmaya kalktığım ve sol ayağıma bir cam parçası batırmayı becerdiğim için!

Acıdan başım dönerek şişe kırığını ayağımdan çıkarmaya çalışıyor, alçak sesle inliyor, kanımın ırmağın kirli suyuna karıştığını görüyordum. Şimdi ne olacaktı? Cam parçasını çıkarmayı başardım, gözlerime yaşlar doldu, ama kanı nasıl durduracağımı bilmiyordum. Acıyı hafifletmek için bütün gücümle ayak bileğimi sıkıyordum. Dayanmam gerekliydi. Yakında hava kararacak, geceyle birlikte babam, annem ve Lalá eve döneceklerdi. Biri beni yakalarsa kesinlikle döverdi. Belki de sırayla döverlerdi. Sendeleyerek tümseğe tırmandım, tek ayağımla gidip şekerportakalı fidanımın dibine oturdum. Canım hâlâ çok acıyordu, ama kusma isteği geçmişti.

"Bak, Minguinho!" dedim.

Bakar bakmaz dehşete düştü. O da benim gibiydi, kan görmeyi sevmezdi.

"Ne yapmalı, Tanrım!" diye söylendi.

Totoca bana yardım edebilir, diye düşündüm. Ama bu saatte neredir kimbilir? Aklıma Glória geldi. Mutfakta olmalıydı şimdi. Beni bu kadar dövmelerini istemeyen tek kişiydi Glória. Belki kulaklarımı çekecek ya da yeni bir ceza daha verecekti, ama bu yol denenmeliydi.

Glória'yi yumuşatma çarelerini düşünerek mutfak kapısına kadar sürüklendim. İş işliyordu. Acınacak bir durumda oturdum ve bu kez Tanrı yardımıma geldi. Glória yüzüme baktı ve başımın önümde olduğunu gördü. Cezada olduğum için bir şey söylememeye karar verdi. Gözlerim yaşlarla doluydu, burnumu çekiyordum. Glória'nın bakışı üzerimdeydi. Elindeki işini bırakmıştı, hareketsizdi şimdi.

"Ne var, Zezé?"

"Hiç, Godóia... Neden kimse beni sevmiyor?"

"Çok budalasın."

"Bugün üç kez dayak yedim, Godóia."

"Hak etmemiş miydin üçünü de?"

"Onu demek istemedim. Kimse beni sevmediği için, dövmek istediklerinde herhangi bir şeyi bahane ediyorlar."

Glória'nın on beş yaşındaki yüreği yumuşamaya başlamıştı. Bunu hissediyordum.

"Sanırım en iyisi, Rio-Sáo Paulo yolunda kendimi bir arabanın altına atmam."

Ve gözlerimden sel gibi yaş akmaya başladı.

"Saçma sapan şeyler söyleme, Zezé. Seni çok seviyorum."

"Hayır, sevmiyorsun. Sevseydin bugün beni dövmelerine engel olurdun."

"Neredeyse gece iniyor. Bugün daha çok yaramazlık yapacak zaman bulamayacaksın nasılsa."

"Ama yaptım bile..."

İşini bıraktı ve yanıma yaklaştı. Ayağımın çevresindeki kan birikintisini görünce çığlığını güçlükle tuttu.

"Tanrım! Gum! Ne oldu sana?"

Kazanmıştım. Bana 'Gum' dedi mi kurtuldum

demekti.

Küçük bedenimi kollarına aldı, bir iskemleye oturttu. Aceleyle koşup bir leğen tuzlu su getirdi, ayaklarımın dibine diz çöktü.

"Çok canın acıyacak, Zezé."

"Zaten çok acıyor."

"Tanrım! Aman Tanrım! Neredeyse üç parmak boyunda yarmışsın ayağını. Nasıl yaptın bunu, Zezé?"

"Ne olur kimseye söyleme, Godóia. Uslu duracağıma yemin ederim. Bir daha kimseye beni bu kadar dövdürme..."

"Tamam, tamam, bir şey söylemem. Ama ne yapacağız? Herkes sargılı ayağını görecek. Yarın da okula gidemeyeceksin. Eninde sonunda fark edecekler."

"Okula gideceğim. Köşeye kadar lastik pabuçlarımı giyerim, sonrası kolay."

"Yatman gerek, ayağını uzatman gerek, yoksa yarın hiç yürüyemezsin."

Seke seke yatağa kadar gitmeme yardım etti.

"Ötekiler gelmeden sana yiyecek bir şey getireyim."

Yemeğimle geri döndüğünde onu öpmekten kendimi alamadım. Çok az yaptığım bir şeydi bu.

* * *

Herkes akşam yemeği için toplandığında annem yokluğumu fark etti.

"Zezé nerede?"

"Yattı. Başının ağrısından yakınıyordu."

Konuşmaları kendimden geçmiş dinliyordum. Yaramın sızısını bile unutturuyordu bu bana. Konuşma konusu olmak çok hoşuma gidiyordu. Tam o sırada Glória, savunmamı üstlenmeye karar verdi. Hem üzgün, hem de suçlayıcı bir sesle konuştu:

"Herkes durmadan bu çocuğu dövüyor. Bugün dayaktan canı çıktı. Bir günde üç kez dayak da çok artık."

"Ama felaket bir çocuk. Ancak dayak yediğinde rahat duruyor."

"Ya sen, sanki onu hiç dövmediğini mi söyleyeceksin?"

"Aşağı yukarı hiç dövmüyorum. Çok çok, kulaklarını çekiyorum."

Bir sessizlik oldu. Glória beni savunmayı sürdürdü:

"Bir düşünsenize, daha altı yaşında bile değil. Belki çekilmez bir çocuk, ama daha çok küçük."

Bu konuşma beni mutlu etti.

* * *

Glória beni hazırlarken kuşkuluydu. Lastik pabuçlarımı giymeme yardım ediyordu.

"Yürüyebilecek misin?"

"Tamam, tamam."

"Rio-Sáo Paulo yolunda yaramazlık yapmayacaksın, değil mi?"

"Hayır yapmayacağım."

"Söylediğin doğru muydu? Hani... Arabanın altına..."

"Hayır. Kimsenin beni sevmediğini düşündükçe çok mutsuz olmuştum da."

Sarı saçlarımı okşadı ve beni gönderdi.

En güç şeyin anayola varmak olduğunu sanıyordum. Pabuçlarımı çıkardığımda acı hafifleyecekti.

Ama ayağım yere değdiğinde, fabrika duvarına dayanarak çok yavaş yürümek zorunda kaldım.

Tam o sırada oldu işte: Korna üç kez çaldı. Ne talihsizlik! Acıdan geberdiğim yetmiyormuş gibi, bir de gelip beni alaya alıyordu...

Arabasını yakınımda durdurdu, eğildi ve sordu:

"Ah! Sivrisinek, ayağın mı acıdı?"

Bunun kimseyi ilgilendirmediğini söyleme isteği duydum. Ama bana haylaz demediği için karşılık vermedim ve yürümeye devam ettim. Aşağı yukarı beş metre yol aldım.

Arabayı yeniden çalıştırdı, beni geçti, neredeyse beni duvara yapıştırarak yolun kıyısında önümü kesecek biçimde durdu. Kapıyı açıp indi. Uzun boyuyla bana tepeden bakıyordu.

"Çok mu acıyor, Sivrisinek?"

Beni döven birinin böyle tatlı, neredeyse dost bir sesle konuşması olanaksızdı. Yanıma yaklaştı ve hiç beklemediğim halde, o koca gövdesiyle diz çöktü, gözlerimin içine baktı. Yüzünde öyle bir gülümseme vardı ki, sevgi doluydu sanki.

"Canın çok acıyor, değil mi? Nen var?"

Karşılık vermeden önce biraz burnumu çektim.

"Ayağıma bir cam parçası girdi."

"Yara derin mi?"

Derinliğini parmaklarımla gösterdim.

"Önemli demek! Neden evde kalmadın öyleyse? Okula gidiyorsun sanırım, öyle mi?"

"Evde kimse ayağımı kestiğimi bilmiyor. Anlasalar, bir daha yapmamam için yine döverler beni..."

"Gel, seni götüreyim."

"Hayır. Teşekkür ederim, Efendim."

"Ama neden?"

"Okulda herkes, aramızda olup biteni biliyor!"

"Ama bu durumda yürüyemezsin."

Doğru söylediğini kabul ederek ve gururumun tel tel dağıldığını hissederek başımı eğdim.

Çenemi tuttu, başımı kaldırdı.

"Bu olayı unutalım. Hiç otomobile bindin mi?"

"Hayır Efendim, hiç binmedim."

"Öyleyse yürü!"

"Gelemem. Biz düşmanız."

"Önemi yok. Ben unuttum bile. Utanıyorsan, okula varmadan biraz önce indiririm seni. Tamam mı?"

Karşılık veremeyecek kadar duygulanmıştım. Başımla evetledim. Beni kucaklayıp kaldırdı, kapıyı açtı, hafifçe koltuğun üzerine bıraktı. Sonra arabanın çevresini dolandı, yerine oturdu. Motoru işletmeden önce bana yine gülümsedi.

"Böyle daha iyi, gördün mü?"

Arabanın hafif sarsıntılarla kayar gibi ilerlediğini hissetmek hoştu, gözlerimi kapadım ve hayal kurmaya koyuldum. Fred Thompson'un atı 'Ayışığı'ndan daha tatlı, daha hoştu bu. Ne yazık ki uzun sürmedi. Gözlerimi açtığımda hemen hemen okula varmıştık. Öğrenci kalabalığının anakapıdan girdiğini görebiliyordum. Ürküp koltuktan aşağı kaydım, gizlendim. Sinirli sinirli:

"Okula varmadan duracağınıza söz vermiştiniz," dedim.

"Düşüncemi değiştirdim. Bu ayak böyle kalamaz. Tetanos olabilirsin," dedi.

Bu garip ve anlaşılmaz sözün ne demek olduğunu bile sormadım. Gitmek istemediğimi söylemenin de boşuna olduğunu biliyordum. Otomobil Alçak-Evler Sokağı'na sapmıştı ve ben yeniden oturmuştum koltuğa.

"Yiğit bir çocuğa benziyorsun. Şimdi bunu kanıtlayıp kanıtlamayacağını göreceğiz," dedi.

Eczanenin önünde durdu ve beni kucaklayıp içeri taşıdı. Doktor Adaucto Luz bizi karşıladığında dehşete düştüm. Fabrikada çalışanların doktoruydu ve babamı da çok iyi tanıyordu. Bana bakıp beklenmedik bir soru sorduğunda ürkekliğim iyice arttı.

"Sen, Paulo Vasconcelos'un oğlusun, değil mi? Baban iş buldu mu?"

Utandığım halde karşılık vermek zorunda kaldım. Yoksa Portekizli, babamın durumunu öğrenecekti.

"Bekliyor. Ona bir sürü söz verdiler," dedim.

"Bakalım şu yaraya."

Kesik yere yapışmış gazlı bezi açtı ve kötü belirtiler olduğunu gösteren bir 'hım' koyverdi. Dudaklarım titremeye başlıyordu, ama Portekizli yardımıma geldi.

Beni beyaz çarşaflarla kaplı bir masaya oturttular. Bir sürü araç-gereç çıktı ortaya. Titriyordum. Portekizli omuzlarımı sıkı sıkı, ama sevgiyle kavrayıp sırtımı göğsüne yasladığından titremem kesildi.

"Canın çok acımayacak. Bu iş bittiğinde seni limonata için pasta yiyebileceğimiz bir yere götüreceğim. Ağlamazsan, içinden artist resimleri çıkan şekerlemeler alacağım sana."

Bunun üzerine yeryüzünün en büyük korkusuzluğunu yüreğimde topladım. Gözyaşlarını süzülüyordu, ama yaptıklarına karşı koymuyordum. Yarayı diktiler, bir de tetanos aşısı yaptılar bana. Kusma isteğimi bile bastırdım. Portekizli, acımın birazını kendine almak istercesine beni göğsünde sıkıyor, terden ıslanan saçlarımı, yüzümü mendiliyle siliyordu. Bu iş hiç bitmeyecekti sanki. Eninde sonunda bitti ama. Beni yeniden arabaya taşıdığında hoşnuttu adamcağız. Verdiği bütün sözleri tuttu. Ancak benim canım bir şey istemiyordu. Sanki ruhumu ayağımdan çıkarıp almışlardı.

"Artık bu saatten sonra okula gidemezsin, Sivrisinek."

Otomobildeydik, yanına oturmuş dirseğine değiyor, neredeyse hareketlerini engelliyordum.

"Seni eve götüreceğim. Bir şey uydurursun. Okul bahçesinde ayağını kestiğini ve öğretmeninin seni eczaneye gönderdiğini söyleyebilirsin..."

Ona minnetle bakıyordum.

"Sen yürekli bir küçüksün, Sivrisinek," dedi.

Ona acı bir gülümsemeyle baktım, ama bu acının ötesinde çok daha önemli bir şey keşfetmiştim: Portekizli, yeryüzünde en sevdiğim insan olmuştu.

Ufak tefek gevezelikler

"Biliyor musun Minguinho, her şeyi keşfettim, her şeyi. Baron de Capanema Sokağı'nın ucunda oturuyor o. Sokağın en sonunda. Otomobili evinin yanına çekiyor. İki kuş kafesi var; birinde kanarya besliyor, öbüründe muhabbetkuşu. Bir gün erkenden, hiçbir şeyin farkında değilmişim gibi, boyacı sandığımla gittim oraya. Gitmeyi o kadar çok istiyordum ki, Minguinho; bu kez sandığımın ağırlığını hissetmedim bile. Eve dışardan iyice baktım, tek başına yaşayan biri için çok büyük buldum. Arkada, musluğun başındaydı, tıraş oluyordu."

Ellerimi birbirine vurdum.

"Boyacı! Boyacı!.."

Yüzü sabun köpüğüyle kaplı, yaklaştı. Daha yüzünün bir yanını tıraş etmişti. Gülümseyerek:

"Ha! Sen misin Sivrisinek? Gir içeri," dedi.

Arkasından yürüdüm.

"Bekle, hemen bitiririm işimi,"

Ustura sakalını alırken *hart hart hart* diye ses çıkarıyordu. Büyüyüp koca bir adam olduğumda, benim de *hart hart hart* diye sesler çıkaran bir sakalım olacaktı. Hoş bir şeydi bu.

Sandığımın üzerine oturup bekledim. Aynadan bana baktı.

"Okul yok mu?"

"Bugün Ulusal Bayram. Onun için pabuç boyamaya çıktım. Birkaç kuruş yapmak niyetiyle."

"Yaa!"

Tıraşı sürdürdü. Sonra lavaboya eğilip yüzünü yıkadı. Havluyla silindi. Yanakları kıpkırmızı ve pırıl pırıldı. Gülmeye başladı.

"Benimle kahve içer misin?"

Aklımdan eveti geçirerek hayır dedim.

"Gir!"

Her şeyin ne kadar temiz ve düzenli olduğunu görmeni isterdim. Masanın üzerinde kırmızı kareli bir örtü bile vardı. Kahve fincanları da bizim evdekiler gibi teneke maşrapalar değildi. Yaşlı bir kadının her gün kendisi işe gittikten sonra gelip ortalığa çekidüzen verdiğini anlattı.

"İstersen benim gibi yap," diye de ekledi: "Ekmeğini kahvene batır. Ama içerken gürültü çıkarma. Çirkin bir şey bu."

Minguinho'ya bakıyordum, paçavralardan yapılma bir bebek gibi suskundu bunları dinlerken.

"Neyin var?"

"Hiç, seni dinliyorum."

"Anlıyor musun, Minguinho! Kavga sevmem ben. Kızgınsan bunu hemen söylemen en iyisi olur."

"Portekizli'den başkasıyla ilgilendiğin yok, bu

da beni eğlendirmiyor."

Durup düşündüm. Aslında gerçekti bu. Anlattıklarımın onu eğlendirmeyeceğini düşünmemiştim. Bunun üzerine konuyu değiştirmek istedim:

"İki gün içinde Buck Jones'u bulacağız. Ona, Reis Sakin Boğa aracılığıyla haber yolladım. Buck Jones çok uzaklara, Savanah'a avlanmaya gitti... Minguinho, Savana mı, Savanan mı denir? Filmde sonuna bir 'h' geliyordu ama, pek bilemiyorum. Dindinhalara gittiğimde Edmundo Dayı'ya soracağım."

Yeni bir sessizlik.

"Nerede kalmıştım?"

"Kahveni ekmeğine batırdığında."

"Kahvemi ekmeğime batırmak değil, budala. Ters söylüyorsun. Orada hiç sesimi çıkarmadan oturuyordum, o da gözlerini dikmiş bana bakıyordu."

"Sonunda oturduğum yeri keşfettin," dedi.

Çok tedirgindim. Ona gerçeği söylemeye karar verdim:

"Size her şeyi anlatırsam kızar mısınız?"

"Hayır. Dostlar arasında gizli saklı olmamalı zaten."

"Buraya ayakkabı boyamaya gelmemiştim."

"Biliyorum."

"Ama canım öyle çekiyordu ki gelmeyi... Buralarda kimse ayakkabısını boyatmaz, çok toz var. Ancak Rio-Sào Paulo yolunda oturanlar yaptırır bunu."

"Bütün bunları taşımadan da gelebilirdin, öyle değü mi?"

"Sandığımı yanıma almasam bırakmazdı bizimkiler. Evin yakınında dolaşmam ve ara sıra da eve uğramam gerekirdi, anlıyor musunuz? Uzağa gitmek istediğimde, çalışmaya çıkıyormuşum gibi davranmalıyım."

Mantığım onu güldürdü.

"Çalışmaya çıktığımda evdekiler yaramazlık yapmadığımı bilirler. Böylesi daha iyi; en azından dayak yememiş olurum."

"Söylediğin kadar yaramaz olduğuna inanmıyorum."

Çok ciddileştim:

"Beş para etmem. Çok kötüyümdür. Noel günü, benim için bir İsa değil, bir şeytan doğar ve hiçbir armağan alamam. Belanın tekiyim yani. Küçük bir bela. Bir iblis. Bir piç. Ablalarımdan biri, benim gibi kötü bir çocuğun doğmaması gerektiğini söyledi."

Şaşkınlıkla kafasını kaşıdı.

"Yalnız bu hafta üç kez dayak yedim," diye sürdürdüm. "Hem de ne biçim. Yapmadığım şeylerden ötürü bile dayak yiyorum. Hep suç bende. Artık beni dövmeyi alışkanlık haline getirdiler."

"İyi ama, ne yapıyorsun böyle?"

"Bütün bunları yapan, aslında şeytan olmalı. Birtakım şeyler yapma isteği geliyor içimden, ve... yapıyorum. Bu hafta Nega Eugenia'nın çitini ateşe verdim. Bayan Cordelia'ya, 'Topal Ördek' diye bağırdım, çok kızdı!.. Paçavradan bir topa tekmeyi yapıştırdım, batasıca top Bayan Narcisa'nın penceresinden girdi ve büyük aynasını kırdı. Sapanımla üç lamba patlattım. Bay Abel'in oğlunun kafasına da taş attım."

"Yeter, yeter."

Gülümsemesini gizlemek için eliyle ağzını kapadı.

"Daha bitmedi. Bayan Tentena'nın diktiği bütün fideleri söktüm. Bayan Rosena'nın kedisine bir bilye yutturdum."

"Bak, buna hayır derim. Hayvanların hırpalanmasını sevmem."

"Ama büyük bir bilye değil. Minicikti. Kediye müshil verdiler, çıktı. Ama bilyeyi bana geri verecekleri yerde korkunç bir dayak attılar. En kötüsü de, uyuduğum sırada babamın, terliğini kapıp beni dövmesiydi. Nedenini bilmiyordum oysa..."

"Nedenmiş peki?"

"Bir sürü çocuk sinemaya gitmiştik. En ucuz yer olduğu için balkona çıkmıştık. Derken orada şeyim geldi, sıkıştım yani, anlıyor musunuz? Duvarın bir köşesine gittim, çişimi yaptım. Yerde ufak bir göl oluştu. Dışarı çıkıp filmin bir bölümünü kaçırmak enayilikti. Ama çocukları bilirsiniz. Birinin çişini yapması bütün ötekilerin de çişinin gelmesine yol açar. Herkes o köşeye gitti ve sonunda gerçek bir ırmak çıktı ortaya. Durum da fark edildi. Arkası şöyle: 'Bay Paulo'nun oğlu yaptı!' dediler. Akşam, sinema sahibi, olayı babamı anlattı elbet. Babam da bundan hiç hoşlanmadı... Şimdi bir yıl süreyle Bangu Sineması'na girmem yasak. Yani aklım başıma gelene kadar..."

Çabalanma karşın Minguinho, somurtmaya devam ediyordu.

"Dinle, Minguinho! Böyle surat asma. O benim en iyi dostum. Ama sen, bütün ağaçların tartışmasız kralısın; Luís'in, kardeşlerimin tartışmasız kralı olduğu gibi... İnsan yüreğinin, bütün sevdiklerini içine alabilmesi için çok büyük olması gerektiğini bilmelisin."

Sessizlik...

"Biliyor musun, Minguinho! Bilye oynayacağım. Çok tatsızsın."

Başlangıçta bu bir sırdı, çünkü bana dayak atan adamla bir otomobilde görünmekten utanıyordum. Sır bir süre daha sürüp gitti. Çünkü sır saklamak her zaman hoştur. Portekizli de bu alanda bütün isteklerimi yerine getiriyordu. Dostluğumuzu kimsenin öğrenmemesi için yemin etmiştik. Birincisi, bütün çocukları otomobiline almak istemediğinden. Bu nedenle, tanıdığım kişiler, Totoca bile geçtiğinde eğiliyordum. İkincisi, birbirimize anlatacağımız sürüyle şey arasında kimsenin bizi tedirgin etmemesi gerekiyordu.

"Annemi hiç görmediniz mi? Kızılderilidir," dedim. "Gerçek Kızılderililerin kızıdır. Evde hepimiz yarım kan Kızılderiliyiz."

"Senin tenin nasıl böyle beyaz oldu? Ya şu, neredeyse beyaz denebilecek sarı saçlar?.."

"Portekizli yanımdır o. Annem Kızılderili. Çok esmer ve dümdüz saçlı. Yalnız Glória ve ben sarı çıyana benzeriz. Annem, evin giderlerine yardımcı olmak için İngiliz Değirmeni'nde çalışır. Geçen gün bobin dolu bir sandık kaldırdı ve karnında korkunç bir acı duydu. Doktora gitmesi gerekti. Fıtık olduğu için doktor ona bir kuşak verdi. Annem bana karşı çok iyidir, biliyor musunuz? Beni dövmek istediğinde, bahçeden küçük dallar koparır ve yalnızca bacaklarıma vurur. Çok yorucu bir hayatı vardır, akşamları eve döndüğünde konuşacak gücü bile olmaz."

Araba gidiyor ve ben gevezelik ediyordum:

"Büyük ablam garip bir kızdır. Hep sevgilileri olur. Annem onu bizimle gezmeye yolladığında, sevgililerinden birinin hep köşede beklediğini bildiğinden, yolun üst yanından gitmemizi tembihlerdi bize.

O da, başka bir sevgilisinin beklediği öbür yoldan giderdi. Bütün zamanını onlara mektup yazmakla geçirdiğinden kalem dayandıramazdık ona."

"Geliyoruz."

Çarşının yakınında bulunuyorduk ve anlaştığımız yerde durduruyordu arabayı.

"Yarın görüşmek üzere, Sivrisinek."

Her zaman oturduğu yere kadar uzanmanın, bir bardak limonata içip ona artist resimleri aldırmanın yolunu bulacağımı biliyordum. Yapacak fazla şeyinin olmadığı saatleri biliyordum.

Ve bu oyun, bir ayı aşkın bir süreden beri sürüyordu. Ama Noel öykülerini anlattığımda yüzünde o hüzünlü büyük insan görünümünün belireceğini hiç düşünmemiştim. Gözleri yaşlarla doluydu ve bir daha Noel günü hiç armağansız kalmayacağıma söz vererek elini saçlarımda gezdirdi.

Günler sakin, özellikle de mutlu geçiyordu. Evdekiler, bendeki değişimi fark etmeye başlamışlardı. Eskisi kadar azgınlık yapmıyor, zamanımı bahçenin en ucundaki eski yerimde geçiriyordum. Doğrusu, şeytan ara sıra iyi niyetli kararlarımın hakkından geliyordu. Ama eskisi kadar sövmüyor, komşuları rahat bırakıyordum.

Fırsat buldukça bir gezinti yaratırdı, bu gezintilerden birinde arabayı durdurdu ve bana gülümsedi.

"'Arabamızda' gezmeyi gerçekten seviyor musun?"

"Bu aynı zamanda benim de mi arabam?"

"Benim olan her şey senin. İki büyük dost arasında olduğu gibi."

Sevinçten çıldırıyordum. Ah, yeryüzünün en güzel arabasının yarısına sahip olduğumu herkese anlatabilseydim.

"Sence de artık aralarından su sızmayan iki dost muyuz?"

"Evet."

"Öyleyse senden bir şey isteyebilirim."

"Elbette, Efendim."

"Beni öldürmek için hâlâ bir an önce büyümek isteyip istemediğini merak ediyorum."

"Hayır. Bunu asla yapamam."

"Ama yapacağım söylemiştin, değil mi?"

"Öfkeli olduğum sırada söyledim. Asla kimseyi öldüremem. Çünkü evde tavuk kestikleri zaman bakmayı sevmem. Hem sonra, sizin anlatıldığı gibi biri olmadığınızı keşfettim. Ne yamyamsınız, ne de..."

Yerinden fırlıyordu neredeyse.

"Ne dedin?"

"Yamyam!"

"Ne olduğunu biliyor musun yamyamın?"

"Evet, biliyorum. Edmundo Dayı öğretti. Kendisi bir bilgindir. Kentli bir bay ona ansiklopedi hazırlamasını önerdi. Şimdiye kadar bana açıklayamadığı tek şey *carborundum*[1] oldu."

"Konuyu değiştiriyorsun. Bana yamyamın ne olduğunu açıklamanı istiyorum."

"Yamyamlar insan eti yiyen Kızılderililerdir. Brezilya tarihinde bir resim var, bu resimde yamyamların yemek için bir Portekizliyi boğdukları görülüyor. Düşman kabilenin savaşçılarını da yerlerdi. Afrika'da da aynı şeyi yapan insanlar vardır. Onlar sakallı misyonerleri yemeye bayılırlar."

Hiçbir Brezilyalının yapamadığı gibi, nefis bir kahkaha attı.

"Altın gibi bir beynin var, Sivrisinek. Ara sıra bu

[1] *Carborundum:* Kömür ve silisyum karışımı sert bir madde. (Çev.)

beni ürkütüyor."

Sonra yüzüme ciddi ciddi baktı.

"Söylesene Sivrisinek. Kaç yaşındasın?"

"Gerçek yaşımı mı, yalancısını mı?"

"Gerçeğini elbette. Yalancı bir dostum olmasını istemem."

"Öyleyse söylüyorum: Gerçek yaşım beş. Yalancısı altı. Çünkü altı yaşında olduğumu söylemesem okula gidemezdim."

"İyi ya, neden bu kadar erken okula gönderdiler?"

"Nedeni çok açık: Herkes birkaç saat için benden kurtulmak istiyordu da ondan. Siz 'carborundum'un ne olduğunu biliyor musunuz?"

"Bunu da nereden çıkardın şimdi?"

Elimi cebime soktum, sapanımla atmak üzere topladığım taşları, ayrıca resimlerimi, topaç ipimi ve bilyelerimi karıştırdım.

"İşte!"

Elimde, üzerinde Kızılderili başı bulunan bir madalyon tutuyordum. Saçları tüylerle kaplı bir Kuzey Amerika Kızılderilisiydi bu. Arkasında da 'carborundum' yazılıydı.

Madalyonu elinde evirdi çevirdi.

"Ben de bilmiyorum. Nereden buldun bunu?"

"Babamın saatine bağlıydı. Deriden bir şeritle pantolonunun cebine asılı dururdu. Babam, saatin bana miras kalacağını söylemişti. Ama para yüzünden sıkıştı ve saati sattı. O güzel saati. Geri kalanı da miras olarak bana verdi. Küf koktuğu için şeridini kestim."

Yeniden saçlarımı okşamaya koyuldu.

"Çok çapraşık bir küçük çocuksun, ama bir Portekizlinin ihtiyar yüreğini sevinçle doldurduğunu itiraf ediyorum. Neyse, bırakalım bunu. Gidiyor muyuz?"

"Söyleşimiz çok hoştu. Bir şey daha anlatayım. Size çok önemli bir konudan söz etmem gerekiyor."

"Anlat bakalım."

"Dostuz biz, çok çok dostuz, değil mi?"

"Elbette."

"Arabanın bile yarısı benim, değil mi?"

"Bir gün hepsi senin olacak."

"Şey..."

Söylemek zordu.

"Hadi, dilin mi dolanıyor? Genellikle hiç..."

"Kızmayacaksınız ama değil mi?"

"Söz veriyorum."

"Dostluğumuzda hoşuma gitmeyen iki şey var."

Ne kadar zorlanırsam zorlanayım, sözler hiç de düşündüğüm kadar rahat çıkmıyordu.

"Nedir?" diye üsteledi.

"Biz iki büyük dostsak, size ikide bir bayım, efendim demem ters oluyor..."

Güldü.

"Öyleyse bana dilediğini söyle, 'sen' de."

"'Sen' demek çok güç. Bilmiyorum alışabilecek miyim... Konuşmalarımızı Minguinho'ya anlatırken 'sen' dersem, garip bir etkisi olacak. Yine de deneyeceğim. Kızmadınız ya?"

"Neden kızacakmışım? Çok normal. Ama daha önce adını hiç işitmediğim bu Minguinho kim?"

"Minguinho, Xururuca'dır."

"Yaa! Xururuca, Minguinho, Xururuca demek! Bir şey anlamış değilim."

"Minguinho, benim şekerportakalı fidanım. Çok sevdiğim günler ona 'Xururuca' derim."

"Demek, Minguinho adında bir şekerportakalı

fidanın var?"

"Harikadır. Benimle konuşur, at olur; onunla ve Buck Jones, Tom Mix, Fred Thompson'la gezeriz... Sen, (ilk 'sen'in çıkması güç oluyordu, ama sürdürmeye kararlıydım) Ken Maynard'ı sever misin?"

Kovboy filmleri konusunda bir şey bilmediğini belirten bir hareket yaptı.

"Geçen gün Fred Thompson onu bana tanıştırdı. Başındaki büyük deri şapkayı çok sevdim. Ne var ki, gülmesini bilmiyor gibi geldi bana."

"Gidelim, küçük beyninde oynaşan bu insanlar beni deli edecek. Öbürü neydi?"

"Öbürü daha da güç. Ama 'sen' deme konusunu açtığıma ve sen de buna kızmadığına göre, ötekini de söyleyebilirim: Adını pek sevmiyorum. Hoşuma gitmediğinden değil de, dostlar arasında pek..."

"Tanrım, neler işiteceğim daha..."

"Sana 'Valadares' demek hoşuma gitmiyor. Adını sevmiyorum."

Bir an düşündü ve gülümsedi.

"Gerçekten de kulağa pek hoş gelmiyor."

"İlk adını da Manuel'i de sevmiyorum. Babam bir Portekizli hikâyesi anlatır 'O Manuel' dediği zaman bilemezsin nasıl öfkelenirim. Bundan, *onun bunun çocuğunun,* hiç Portekizli dostu olmadığı hemen anlaşılır..."

"Ne dedin?"

"Babamın, Portekizlileri taklit edişini mi soruyorsun?"

"Hayır, daha önce bir şey dedin. Kötü bir söz."

"*Onun bunun çocuğu,* şey çocuğu kadar kötü mü... öbür çocuk kadar?"

"Aşağı yukarı aynı şey."

"Peki. Bir daha söylemem. Ne diyorsun şimdi?"

"Asıl ben sana soruyorum. Nasıl bir sonuca vardın? Bana Valadares demek istemiyorsun, anladığım kadarıyla Manuel'i de sevmiyorsun..."

"Çok güzel bulduğum başka bir ad var."

"Hangisi?"

En masum halimi takındım.

"Bay Ladislau ve ötekilerin pastanede söyledikleri gibi..."

Öfkelenmiş görünerek yumruklarını sıktı.

"Tanıdığım en saygısız kişi olduğunu biliyor musun? Bana Tortuga' demek istiyorsun, değil mi? İzin veriyorum buna. Şimdi gidiyoruz, tamam mı?"

Motoru işletti ve bir süre düşünceli sürdü arabayı. Camdan başını çıkarıp baktı. Kimse gelmiyordu.

Derken, arabanın kapısını açtı ve:

"İn!" dedi.

İstediğini yaptım ve arabanın arkasına doğru peşi sıra gittim.

Bana arkadaki yedek tekerleği gösterdi.

"Şimdi sıkı tutun. Ama çok dikkat et!"

Kendimden geçip 'yarasa' oldum ve tekerleğe yapıştım. Arabaya bindi, ağır ağır sürmeye başladı. Beş dakika sonra durdu ve bana yaklaştı.

"Hoşuna gitti mi?"

"Tam bir düştü bu."

"Artık yeter. Dönelim, hava kararmaya başlıyor."

Büyük bir durgunluk içinde karanlık çöküyordu ve uzakta ağustosböcekleri yazın sürüp gittiğini bildirmek ister gibi ötüyorlardı. Araba sakin sakin yol almaktaydı.

"Oldu. Artık bu hikâyeden bir daha söz etmeyeceğiz. Tamam mı?"

"Bir daha söz etmeyeceğiz."

"Eve döndüğün zaman, bu süre içinde yaptıklarını nasıl anlatacağını merak ediyorum."

"Düşündüm bile. Din dersine gittiğimi söyleyeceğim. Bugün perşembe değil mi?"

"İnsan senin karşında son sözü söyleyemez. Her şeye bir karşılığın var."

Bunun üzerine iyice yanına sokuldum ve başımı koluna dayadım.

"Portuga!"

"Hımm..."

"Hep senin yanında olmak isterdim, biliyor musun?"

"Neden?"

"Çünkü dünyanın en iyi insanısın. Senin yanındayken beni kimse azarlamıyor ve *'günışığının yüreğimi mutlulukla doldurduğunu'* hissediyorum."

İki unutulmaz dayak

"Böyle kıvırırsın. Sonra kâğıdı bir bıçakla kesersin, tam kıvrımından."

Ve kâğıdı kesen bıçağın hafif sesi...

"Şimdi şu açıklığı bırakıp dikkatle yapıştırırsın. Böyle!"

Bana kâğıttan balon yapmayı öğreten Totoca'nın yanındaydım. Yapıştırma işini bitirince, Totoca balonu bir mandalla çamaşır ipine astı.

"Sonra deliği açmadan önce iyice kurumasını beklersin. Anladın mı, küçük eşek?"

"Anladım."

Benimle mutfak kapısının önüne oturdu, kuruması oldukça uzun süren renkli balona bakıyorduk. Öğretmen durumundaki Totoca anlatıyordu:

"Mandalina balonlar, ancak çok deney sahibi olduktan sonra yapılabilir. Başlangıçta balonları iki parçalı yapman gerek, böylesi daha kolay."

"Totoca, tek başıma bir balon yaparsam deliğini açar mısın?"

"Duruma göre..."

Bilyelerime, ve hızla çoğalmasına *'kimsenin akü erdiremediği'* artist resimlerime göz koyarak başlıyordu pazarlığa yine.

"Amma yaptın, Totoca; benden istediğin zaman, senin yerine kavga bile ediyorum ama."

"Peki. Birincisini karşılıksız yaparım, ama başaramazsan ötekiler için değiş-tokuşa razı olursun."

"Kabul."

Böyle derken, bu işi, elini balonlarıma sürdürmeyecek kadar iyi öğreneceğime içimden yemin ediyordum.

Ah! Balonum kafamdan çıkmıyordu. 'Benim' balonum olmalıydı bu. Başardığım işi anlattığımda Portuga'nın nasıl gururlanacağını düşündüm. Yapıtımın parmaklarımda sallandığını gören Xururuca' nın hayranlığını gözünüzün önüne getirin.

Bu düşünceyle harekete geçip, cebimi bilyelerle ve çift olan artist resimleriyle doldurup sokağa fırladım. Bilyelerle artist resimlerini, en azından iki ipek kâğıdı alabilmek için satacaktım.

"Haydi arkadaşlar! On kuruşa beş bilye. Dükkândan çıkmış gibi hepsi de yepyeni."

Gelen giden yoktu.

"On kuruşa on resim. Bayan Lota'nın dükkânından bu fiyata alamazsınız."

Yine istekli çıkmadı. Bütün çocuklar meteliksizdi. Gelişim Sokağı'nı bir baştan ötekine dolaşıp mallarımı satmaya çalıştım. Neredeyse koşarak Baron de Capanema Sokağı'na gittim, ama oradan da bir şey çıkmadı. Dindinhalara uğrasam, nasıl olurdu acaba? Gittim ama, elimdekiler anneannemi ilgilendirmiyordu.

"Ne bilye almak istiyorum, ne de artist resmi. Bunları kendine saklasan iyi edersin. Yoksa yarın bana gelip yine bilye ve artist resmi almak için para istersin."

Kuşkusuz, Dindinha'nın parası yoktu.

Yeniden sokağa döndüm ve eğilip bacaklarıma baktım. Yolun tozuyla kaplıydı. Alçalmaya başlayan güneşi seyrettim. Mucize tam o sıra gerçekleşti:

"Zezé! Zezé!"

Biriquinho, deli gibi koşarak geliyordu.

"Seni her yanda aradım! Satıyor musun?"

Cebimi karıştırarak bilyelerimi şakırdattım.

"Bir yere oturalım."

Oracığa oturduk ve malımı yaydım.

"Kaça?"

"Beş bilye on kuruş, aynı fiyata fazladan üç tane de artist resmi."

"Pahalı."

Kızıyordum. Hırsız herif! Herkes beş artist resmiyle üç bilyeyi bu fiyata satarken benimki pahalı geliyordu demek! Hepsini cebime doldurmaya hazırlanıyordum.

"Dur," dedi. "Seçebilir miyim?"

"Kaç paran var?"

"Üç yüz *reis*. İki yüzünü harcayabilirim."

"Oldu, sana altı bilye ile bir düzine artist resmi veriyorum."

* * *

'Yoksulluk ve Açlık' Bakkaliyesi'ne fırtına gibi daldım. Kimse o *ünlü sahne'yi* anımsamıyordu artık. Tezgâhın yanında gevezelik eden Bay Orlando'dan başka kimse de yoktu içerde. Ama fabrikanın düdüğü çalınca bütün işçiler bir kadeh atmaya gelecek ve kimse içeri giremez olacaktı.

"İpek kâğıdınız var mı, efendim?"

"Paran var mı, ondan haber ver? Babanın hesabına sana bir şey satmıyorum artık."

Hiç bozulmadım. Avcumdaki paraları gösterdim.

"Pembeyle turuncu var yalnızca," dedi.

"O kadar mı?"

"Uçurtma zamanı neyim var neyim yok yağmaladınız. Ama önemi yok. Renkleri ne olursa olsun, uçurtmanın havalanmasına engel olmuyor bu."

"Uçurtma yapmak için almıyorum ki, balonumu yapacağım. Dünyanın en güzel balonu olsun istiyorum."

Yitirecek zamanım yoktu. Chico Franco'nun dükkânına koşsam çok zaman kaybedecektim.

"Oldu," dedim çaresiz.

* * *

Şimdi durum değişmişti. Masanın yanına bir iskemle çektim ve bakması için Kral Luís'i üzerine çıkardım.

"Rahat duracağına söz veriyor musun?" dedim. "Çok güç bir şey yapacağım. Sana da büyüdüğünde nasıl yapıldığını karşılıksız öğreteceğim."

Gece geniş adımlarla yaklaşıyordu ve ben çalışıyordum. Derken, fabrikanın düdüğü öttü. Elimi çabuk tutmalıydım. Jandira tabakları sofraya yerleştirmeye başlamıştı bile. Büyükleri tedirgin etmememiz için bize daha erken yedirmek onun tutkusuydu.

"Zezé!.. Luís!.."

Sanki dünyanın öbür ucundaymışız gibi bağırıyordu. Luís'i indirdim.

"Sen git, ben de geliyorum," dedim.

"Zezé!.. Çabuk gel, yoksa görürsün gününü!"

"Geliyorum!"

Şeytan kız öfkeliydi. Sevgililerinden biriyle kavga etmişti herhalde. Yolun sonundakiyle mi, yoksa başındakiyle mi acaba?

Şimdi de beni geciktirmek istiyormuş gibi yapıştırıcım kurumuştu ve un elime yapışıyordu, bu da işimi güçleştirmekteydi.

Ablam daha da yüksek sesle bağırmaya koyuldu. İşime devam etmemi sağlayacak aydınlık kalmamıştı neredeyse.

"Zezé!.."

Tamam işte. Hapı yutmuştum şimdi. Öfke içinde geliyordu.

"Hizmetçin miyim ben? Hemen yemeğe gel!"

Odaya daldı ve kulaklarıma yapıştı. Sonra beni sürükleyip mutfak masasına doğru fırlattı. O zaman diklendim:

"Yemek yemeyeceğim! Yemek yemeyeceğim! Yemek yemeyeceğim! Balonumu bitirmek istiyorum!"

Elinden kurtuldum, koşarak işimin başına geçtim.

Çılgına döndü. Üzerime çullanacak yerde masaya yürüdü. Ve o güzel düşüm sona erdi. Yarım kalmış balonum, yırtık kâğıt parçalarından başka bir şey değildi artık. Bununla da yetinmeyip (şaşkınlığım o kadar büyüktü ki kendimi savunmak için hiçbir şey yapamadım) kollarımla bacaklarıma yapıştı ve beni odanın ortasına fırlattı.

"Konuştuğum zaman sözümün dinlenmesini isterim!" diye de bağırıyordu.

Şeytan dürttü beni de. İsyanım kasırga gibi patladı. Önce basit bir sağanaktı bu:

"Nesin sen biliyor musun? Orospunun tekisin!" dedim.

Yüzünü yüzüme yapıştırdı. Gözlerinde şimşekler çakıyordu.

"Bir daha söyle, cesaretin varsa!"

Heceledim:

"O!.."

Komodinin üzerinden kayışı kaptı ve acımadan vurmaya başladı. Döndüm, yüzümü avuçlarıma gizledim. Acım öfkemden daha hafif kalıyordu.

"O!.. O!.. o...nun kızı!"

Durmak bilmiyordu. Bedenim tepeden tırnağa yanmış gibiydi. O sıra Antonio içeri girdi. Beni dövmekten yorulmaya başlayan ablasının yardımına koştu.

"Öldür beni, katil kız! Cezaevi öcümü alacaktır!" dedim.

Ve vuruyor, vuruyordu, öylesine vuruyordu ki, dizüstü düşüp komodine yaslanmıştım.

"O!.. O!.. o...nun kızı!"

Bunun üzerine Totoca yüzüme, gözlerime, burnuma, ağzıma, özellikle de ağzıma vurmaya koyuldu.

Kurtuluşumu, dayak yediğimi işiten Glória'ya borçluyum. Yakınlarda bir yerdeydi herhalde! Bayan Rosena'yla gevezelik ediyordu belki. Çığlıkları işitince yetişti. Koşarak daldı içeri. Glória'nın şakası yoktu. Yüzümden akan kanı görünce, Totoca'yı yana itti, ablası olup olmadığına aldırmadan bir tekmede uzaklaştırdı Jandira'yı. Gözlerimi açamadan yerde yatıyor ve güçlükle soluk alıyordum. Beni odama taşıdı. Ağlamıyordum; ama, annemin odasına gizlenen Kral Luís, dehşete düşmüştü, hırpalandığımı gördüğü için korkunç çığlıklar atıyordu.

Glória köpürmüştü:

"Bir gün bu çocuğu öldüreceksiniz, olacak şey değil! Kalpsiz canavarlarsınız!"

Beni yatağıma yatırmıştı ve sık sık kullandığımız tuzlu su dolu leğeni getirmeye koşuyordu. Totoca başı önde, odaya girdi.

Glória onu itti.

"Çık dışarı, alçak!"

"Ona nasıl sövdüğünü işitmedin mi?"

"Bir şey yapmamıştı. Siz onu kışkırttınız. Ben çıktığımda uslu uslu balonunu yapıyordu. Kalp yok sizde. İnsan kardeşini nasıl böyle dövebilir?"

Bir yandan da yüzümü temizliyordu. Bir diş parçası tükürdüm leğene. Bu, ortalığı iyice karıştırdı.

"Bak yaptığına, sefil herif. Başkalarıyla dövüşmeye gelince korkuyorsun, hemen onu yardıma çağırıyorsun. Pis! Her sabah çekmecene gizlediğin sidikli donunla şilteni herkese göstereceğim."

Sonra odada kim varsa herkesi, hepsini dışarı attı ve kapıyı kilitledi. Ortalık iyice karardığından ışığı yaktı. Gömleğimi çıkardı, bedenimdeki morartılarla yara izlerini temizledi.

"Acıyor mu, Gum?"

"Evet. Bu kez çok acıyor."

"Çok dikkat ediyorum, benim sevgili afacanım. Kuruması için bir süre diz çöküp beklemelisin, yoksa giysilerin yapışır ve çok canın acır."

Ama en çok acıyan yerim yüzümdü. Bunca nedensiz kötülük karşısında yüzüm acıdan ve öfkeden yanıyordu.

Biraz rahatlar gibi olunca, saçlarımı okşayarak yanıma uzandı.

"Gördün ya, Godóia! Bir şey yapmamıştım. Hak ettiğim zaman beni dövmelerine aldırmam. Ama bu kez hiçbir şey yapmamıştım."

İçini çekti.

"En acısı da, balonumun başına gelenler. Ne güzel olacaktı. Luís'e sor istersen."

"Eminim. Çok çok güzel olacaktı. Ama sen merak etme. Yarın Dindinhalara gideceğiz ve ipek kâğıdı alacağız. Dünyanın en güzel balonunu yapmana yardım edeceğim. O kadar güzel olacak ki yıldızlar bile kıskanacak."

"Boşuna zahmet etme, Godóia. En güzeli ilk yapılan balondur. İlki başarılı olmazsa bir daha yapamaz insan ya da yapmak istemez."

"Bir gün... bir gün... seni bu evden uzaklara götüreceğim. Oturacağımız yer..."

Arkası gelmedi. Kuşkusuz, Dindinha'nın evini düşünmüştü; ama orada da aynı cehennem vardı. Bunun üzerine düşlerimin dünyasına, şekerportakalı fidanımın dünyasına girmeye karar verdi.

"Seni Tom Mix'le Buck Jones'un çiftliğine götüreceğim, orada yaşayacağız."

"Ama ben Fred Thompson'u daha çok severim."

"Öyleyse onunla gideriz."

Ve ikimiz de ne yapacağımızı bilmez durumda birbirimizin kollarında alçak sesle ağlamaya koyulduk...

* * *

O kadar çok özlediğim halde, iki gün boyunca Portekizli'yi görmedim. Okula gitmeme de izin vermediler. Bunca vahşiliği gözler önüne sermek istemiyorlardı. Yüzümün şişi inip dudaklarımın yaraları kabuk bağlar bağlamaz, hayatımın alışılmış gidişine kavuşacaktım. Günlerimi, küçük kardeşim Luís'le birlikte, Minguinho'nun yanına oturup konuşma isteği duymadan geçiriyordum. Her şeyden korkuyordum. Babam, Jandira'ya söylediğim sözü yinelersem dayaktan canımı çıkaracağım açıklamıştı. Öyle ki, soluk alacak cesaretim bile yoktu. En iyisi, şekerportakalı fidanımın küçücük gölgesine sığınmaktı; Portuga'nın bana verdiği yığınla resme bakmak ve Luís'e sabırla bilye oynamayı öğretmekti. Kardeşim beceriksizdi ama, günün birinde öğrenecekti.

Bu süre boyunca duyduğum özlem çok büyük oldu. Portuga, yokluğuma şaşıyordu herhalde. Nerede oturduğumu bilse, gelip bulabilirdi kuşkusuz. Onun sesini duymamak büyük eksiklikti benim için. 'Hadi, Sivrisinek' dediğinde büyük bir sevgiyle dolan sesini özlüyordum. Yanık yüzünü, her zaman tertemiz olan koyu renk giysisini, çekmeceden yeni çıkarılmışa benzeyen yakası iyice kolalanmış gömleğini, kareli yeleğini, hatta çapa biçimi altın kol düğmelerini bile görmemek benim için büyük eksiklikti.

Ama yakında, çok yakında iyileşecektim. Çocukların yaraları çabuk kabuk bağlar. Bana sık sık yineledikleri; 'evlendiğinde geçecek' cümlesinde olduğu gibi. Hatta çok daha çabuk.

* * *

O akşam babam dışarı çıkmamıştı. Uyuyan Luís'den başka evde kimse yoktu. Annemin kentten dönmüş olması gerekiyordu ama, bazı haftalar İngiliz Değirmeni'nde gece çalışmasına kalıyordu; onu ancak pazar günleri görüyorduk.

Babamın yanında kalmaya karar vermiştim, böylece azgınlık yapmayacaktım. Salıncaklı koltuğa oturmuştu, dalgın gözlerle duvara bakıyordu. Her zamanki gibi gömleği pek temiz değildi. Dostlarıyla iskambil oynamaya gitmediyse, kuşkusuz parası olmadığı içindi. Zavallı babam, annemin bütün aileyi beslemek için çalıştığını düşündükçe üzülüyordu herhalde. Lalá, fabrikaya girmişti. Babam için her yanda iş aramak ve 'daha genç birini arıyoruz...' karşılığıyla durmadan cesareti kırılarak geri dönmek acı olmalıydı.

Kapının eşiğine oturmuştum, duvardaki kertenkeleleri sayıyor, arada bir babama bakmak için başımı çeviriyordum.

Noel sabahından beri onu hiç böyle üzgün görmemiştim. Kendisi için bir şey yapmalıydım. Şarkı söylesem nasıl olurdu acaba? Evet, alçak sesle şarkı söyleyebilirdim, kuşkusuz yalnızlığında onu biraz avuturdu bu. Bildiğim bütün şarkıları kafamdan geçirirken, Bay Ariovaldo'dan öğrendiğim son şarkıyı anımsadım: Tango; becerebildiğim en güzel işlerden biriydi tango. Hafiften söylemeye başladım:

Çırılçıplak bir kadın isterdim,
Çırılçıplak isterdim onu...
Gece ayışığında
Bir kadın bedeni isterdim...

"*Zezé!*"

"Evet, baba?"

Aceleyle yerimden fırladım. Babam tangoyu çok

sevmiş olmalıydı ve gelip yakınında söylememi istiyordu herhalde.

"Ne söylüyorsun?"

Baştan başladım:

"Çırılçıplak *bir kadın isterdim...*"

"Bunu sana kim öğretti?"

Gözlerinde delirmiş gibi bulanık bir pırıltı vardı.

"Bay Ariovaldo öğretti."

"Sokakta onunla gezmeni istemediğimi daha önce de söyledim sana."

Oysa hiç söylememişti. Şarkıcı yardımcılığı yaptığımdan haberi olduğunu bile sanmıyorum.

"Baştan söyle bu şarkıyı."

"Çok moda olan bir tango," dedim ve yineledim:

"Çırılçıplak *bir kadın isterdim...*"

Yanağıma bir tokat indi.

"Bir daha söyle!"

"Çırılçıplak *bir kadın isterdim...*"

Bir tokat, bir tokat daha, bir daha. Elimde olmadan gözlerimden yaşlar fışkırmıştı.

"Hadi, şarkıya devam et!"

"Çırılçıplak bir *kadın isterdim...*"

Dudaklarımı neredeyse oynatamıyordum, sendeliyordum. Tokat yağmuru altında gözlerim açılıyor, kapanıyordu. Susmak ya da şarkıya devam etmek konusunda kararsızdım... Ama, o acı arasında bir tek şeye karar vermiştim: Yiyeceğim son dayak olacaktı bu, son dayak. Ölmek daha iyiydi...

Biraz yatışıp yeniden şarkı söylememi buyurduğunda söylemedim. Babama büyük bir nefretle bakıyordum, ve:

"Katil!" dedim ona. "Beni hemen öldür. Cezaevi öcümü alacaktır."

Öfkeden çılgına dönerek salıncaklı iskemlesinden kalktı. Kemerini çözdü. İki demir tokası olan kemerini ve... öfkeden kıpkırmızı bir durumda, bana ağzına geleni söylemeye koyuldu:

"Pis, hayvan, süprüntü, paçavra, babanla böyle konuşursun ha!.."

Kemer korkunç bir sesle gövdemde şaklıyordu. Bedenimin her köşesine çarpan kanca uçlu bin tane parmağı vardı sanki. Tortop oldum ve odanın köşesine yuvarlandım. Beni öldüreceğinden emindim. Kurtarmak için içeri giren Glória'nın sesini işittim. Glória, benden başka tek sarışın. Kimsenin elini sürmediği Glória. Babamın elini tuttu ve kemerin şaklamasına engel oldu.

"Baba! Baba! Tanrı aşkına beni döv. Ama bu çocuğu dövme artık."

Babam kemeri masanın üzerine attı ve elini yüzünde gezdirdi. Kendi haliyle benim halime ağlıyordu.

"Aklım başımdan gitti," dedi. "Benimle alay ettiğini sanıyordum. Benden nefret ettiğini sanıyordum."

Glória beni yerden kaldırdığında bayılmıştım.

Kendime geldiğimde ateşten tirtir titriyordum. Annem, Glória başucumdaydılar; bana tatlı sözler söylüyorlardı. Odaya bir sürü insan girip çıkıyordu. Dindinha'yı bile getirmişlerdi. En ufak harekette acı çekiyordum. Daha sonra, doktor çağırmak istediklerini öğrendim, ama çevrede kötü bir etki yapacaktı bu.

Glória bana eliyle hazırladığı bir çorba getirdi, birkaç kaşık içirmeye çalıştı. Soluk almakta güçlük çekiyordum, yutmam daha da güçtü. Uzun süren bir uykuya daldım, uyandığımda acı hafiflemeye başlamıştı.

Annem geceyi yanımda geçirdi, sabah hazırlanmak üzere kalktı. İşe gitmesi gerekiyordu. Bana veda etmeye geldiğinde boynuna sarıldım.

"Bir şeyin yok, yavrum. Yarın iyileşeceksin..."

"Anne..."

Alçak sesle konuştum ve bu, herhalde hayata yönelttiğim en büyük suçlamaydı:

"Anne, benim doğmamam gerekirdi. Balonum gibi olmalıydım."

Hüzünle saçlarımı okşadı.

"Herkes, doğması gerektiği biçimde doğar," dedi. "Sen de öyle oldun. Ama Zezé, ara sıra hiç söz dinlemiyorsun..."

Tatlı ve garip istek

Toparlanmam için bir hafta gerekti. Bezginliğim, ne acılardan, ne de yediğim dayaktan geliyordu. Doğrusu, evde bana iyi davranmaya başlamışlardı. Bu da olağan değildi aslında. Ne var ki, bir şeyin eksikliğini duyuyordum: beni kendime getirecek, belki insanlara, onların iyiliklerine inandıracak önemli bir şeyin eksikliği. Uslu uslu, canım hiçbir şey istemeden, hemen hemen hep Minguinho'nun yanı başındaydım. Hayata uzaktan bakarak, ilgisizliğimde yitip gitmiş gibiydim. Yine de küçük kardeşimin yanımda oluşuna göz yumuyordum. Düğmelerle teleferik oynuyorduk, buna bayılıyor, bütün gününü teleferik vagonlarını indirip çıkarmakla geçiriyordu. Ona sonsuz bir sevgiyle bakıyordum, çünkü onun kadar küçükken ben de bu oyunu çok severdim.

Suskunluğum Glória'yı meraka düşürüyordu. Artist resimlerini, bilye torbamı yanıma koyuyordu; çoğu kez bunlara elimi bile sürmüyordum. Ne sinemaya gitmek istediğim vardı, ne de boyacı sandığımla yola koyulmak. Gerçek olan, acımasız bir biçimde nedenini bilmeden dayak yiyen küçücük bir hayvan olarak iç yaramı bir türlü geçirmeyi başaramadığımdı.

Glória, düşlerimin dünyası konusunda beni sorguya çekiyordu.

"Burada değiller. Çok uzaklara gittiler," diye karşılık veriyordum.

Elbette, Fred Thompson ve öteki dostlarımdı söz konusu olan.

Ama Glória bendeki değişimi bilmiyordu. Kararımdan haberi yoktu. Gittiğim filmleri değiştirecektim. Bundan böyle, büyüklerin deyimiyle aşk filmleri görmeye gidecektim yalnızca. Öpüşmeli ve herkesin birbirini sevdiği filmlere. Dayak yemekten başka işe yaramayan ben, hiç değilse başkalarının seviştiğini seyredecektim.

Okula dönebildiğim gün geldi çattı. Ama okula gitmedim. Portuga'nın bir hafta boyunca 'arabamızla' beni beklememesi gerektiğini biliyordum. Elbette, ancak ona haber verebildiğim zaman beni yeniden beklemeye başlayacaktı. Hasta olduğumu öğrense de, beni görmeye çalışmayacaktı. Birbirimize söz vermiştik, bir anlaşma yapmıştık, sırrımızı gizleyeceğimiz konusunda ölümüne bir anlaşma. Tanrı'dan başka kimsenin dostluğumuzu bilmemesi gerekiyordu.

Güzel araba, garın karşısında, pastanenin yanında durmuştu. Bu ilk sevindirici güneş ışınıydı. Özlemle beslenen yüreğim sevinçten hopladı. Dostumu görecektim. Ama aynı anda beni ürperten hoş bir düdük sesi garın girişinde çınladı. Mangaratiba'ydı bu. Sert, gururlu, raylarına egemen. Bütün görkemiyle, neredeyse uçarak, vagonlarını birbirine toslatarak geçti. Pencerelerde insanlar vardı ve dışarı bakıyorlardı. Yolculuk eden bütün kalabalık mutluydu. Küçükken Mangaratiba'nın geçişini seyretmeyi ve ona veda etmeyi severdim; bitip tükenmeyen vagonlar gözden kaybolana dek veda etmeyi. Şimdi sıra Luís'indi.

Gözlerimi pastanenin masalarında gezdirdim. Evet, oradaydı. İçeri giren müşterileri görebilmek için oturduğu son masada. Ama arkası dönüktü ve ceketsizdi. Bembeyaz gömleğinin kollarını gösteren güzel kareli yeleği vardı sırtında.

Bir yorgunluk hissettim. O kadar ki, kendisine yaklaşmam güç oldu. Bay Ladislau verdi haberi:

"Bak kim geldi, Portuga."

Yavaşça döndü, yüzü mutlu bir gülümsemeyle aydınlandı. Kollarını açtı, beni uzun uzun göğsünde sıktı.

"İçimde bir ses bugün geleceğini söylüyordu."

Sonra bana baktı.

"Seni kaçak seni, bu kadar zamandır neredeydin?"

"Çok hastaydım!"

Bir iskemle çekti.

"Otur."

Ne sevdiğimi çok iyi bilen garsonu çağırmak için parmaklarını şaklattı. Ama garson limonatayla pastayı önüme koyduğunda elimi bile sürmedim. Başımı kollarıma dayadım ve öyle kalakaldım; bezgindim, üzüntülüydüm.

"İstemiyor musun?"

Karşılık vermeyince, Portuga yüzümü kaldırdı. Dudaklarımı bütün gücümle ısırıyordum ve gözlerim ıslaktı.

"Ne oluyor, Sivrisinek? Anlat eski dostuna..."

"Anlatamam. Burada olmaz."

Bay Ladislau bir şey anlamamış gibi başını sallıyordu. Konuşmaya karar verdim:

"Portuga, otomobilin 'bizim' otomobilimiz olduğu doğru mu?"

"Evet. Hâlâ kuşkun mu var?"

"Beni gezmeye götürmek ister misin?"

Önerim onu şaşırttı.

"İstiyorsan gidelim."

Gözyaşlarımın arttığını görünce kolumdan tutup beni arabaya kadar götürdü ve kapıyı açmaya gerek duymadan açık camından sokup oturttu içeri.

Hesabı ödemek için geri döndü. Bay Ladislau ve öbür adamlarla konuştuğunu işittim:

"Evinde bu küçüğü hiç kimse anlamıyor. Böylesine duyarlı bir çocuk görmedim ben."

"Doğru söyle, Portuga; bu küçük şeytanı çok seviyorsun, değil mi?"

"Sandığından da çok. Zeki ve harika bir sivrisinek bu."

Arabaya dönüp oturdu.

"Nereye gitmek istiyorsun?"

"Yalnızca buradan uzaklaşmak istiyorum. Murundu yoluna kadar gidebiliriz. Yakındır, fazla benzin de gitmez."

Güldü.

"Büyüklerin sorunlarıyla uğraşmak için daha çok küçük değil misin?"

Evdeki yoksulluk o derecedeydi ki, insan erkenden hiçbir şeyi çarçur etmemeyi öğreniyordu. Her şey parayla ve pahalıydı.

Küçük yolculuğumuz boyunca konuşmadı. Yatışmamı bekliyordu. Ama her şeyden uzaklaştığımızda ve yol yemyeşil, nefis bir çayıra dönüştüğünde arabayı durdurdu, bana baktı ve yeryüzünün geri kalan bölümündeki bütün eksikliklerin yerini dolduran biri iyilikle gülümsedi.

"Portuga, yüzüme bak, burnuma daha doğrusu, yüzüme değil. Evde insan olmadığım, bir hayvan, bir Pinagé Kızılderilisi sayıldığım ve şeytanın oğlu olduğum söylendiğinde, 'Hayvan gibi burundan ibaret bir suratın var,' diyorlar."

"Ben yine de yüzüne bakmayı yeğliyorum."

"Ama iyi bak. Bütün şu dayak izlerine bak!"

Portekizli'nin gözleri hüzünlü ve kuşkulu bir anlama büründü.

"Senin gibi küçük bir çocuğu böyle dövmeleri olacak şey değil. Daha altı yaşında bile değilsin."

"Nedenini biliyorum ben. Beş para etmem. O kadar kötü bir insanım ki, her Noel'de küçük İsa'nın yerine küçük bir şeytan doğuyor benim için."

"Saçma, sen gerçek bir meleksin. Belki biraz haşarısın ama..."

Bu saplantı beni yeniden korkutmaya başlıyordu.

"Öyle kötüyüm ki, doğmamam gerekirdi. Geçen gün anneme de söyledim."

İlk kez kekeledi:

"Bunu söylememen gerekirdi."

"Gerçekten gereksindiğim için seninle konuşmak istedim. Yaşlı olduğundan, iş bulamaması babam için korkunç bir şey, biliyorum. İşsizliğin onu çok mutsuz ettiğini de biliyorum. Annem evin giderlerini karşılamak için çok erken işe gitmek zorunda.

İngiliz Değirmeni'ndeki dokuma tezgâhlarında çalışıyor. Bir sandık dolusu bobin kaldırdığı ve bu yüzden fıtık olduğu için kuşak bağlıyor. Lalá çok çalışkan bir genç kızdı, o da fabrika işçisi olmak zorunda kaldı. Bütün bunlar haksız işler. Ama yine de, babam beni bu kadar kötü dövmemeliydi. Noel'de, istediği zaman beni dövebileceğim söylemiştim, ama bu kadarı fazlaydı."

Şaşkın şaşkın yüzüme bakıyordu.

"Tanrım! Bir çocuk nasıl olur da büyük insanların sorunlarını böylesine anlayıp benimseyebilir. Bunu hiç görmedim!"

İçini çekti.

"Biz iki dostuz, değil mi? Erkek erkeğe konuşacağız şimdi: Seninle bazı şeyleri görüşmek ara sıra tüylerimi ürpertse bile yapacağım bunu. Kabul, haklısın; ama sanırım ablana sövmemen gerekirdi. Hem biliyor musun, ne olursa olsun sövmemelisin!"

"Ama ben küçüğüm. Öcümü almak için tek yolum bu."

"Söylediğinin ne anlama geldiğini biliyor musun?"

Başımla evetledim.

"Öyleyse sövmemelisin, sövmemen gerekir."

Bir sessizlik oldu.

"Portugal"

"Hımmm."

"Sövmemi sevmiyorsun, değil mi?"

"Hiç sevmiyorum."

"Ölmezsem, bir daha sövmeyeceğime söz veriyorum öyleyse."

"Çok iyi. Ama nedir bu ölmek hikâyesi?"

"Az sonra anlatacağım."

Bir sessizlik oldu. Portekizli düşünceliydi.

"Bana güvendiğine göre bir şey daha öğrenmek istiyordum," dedi. "Şu ünlü şarkıyı, hani babam kızdıran şu tangoyu söylerken şarkının neler dediğini biliyor muydun?"

"Sana yalan söylemek istemem. Tam bilmiyordum. Her şeyi öğrendiğim gibi bu şarkıyı da öğrenmiştim, müziği de güzeldi. Ne demek istediğini düşünmeden söyledim. Ama beni öyle kötü dövdü ki, Portuga; öyle kötü dövdü ki. Önemi yok artık."

Uzun uzun burnumu çektim.

"Önemi yok, onu öldüreceğim!"

"Ne diyorsun sen, küçük; babamı mı öldüreceksin?"

"Evet, yapacağım bunu. Başladım bile. Öldürmek, Buck Jones'un tabancasını alıp güm diye patlatmak değil! Hayır. Onu yüreğimde öldüreceğim, artık sevmeyerek... Ve bir gün büsbütün ölecek."

"Bu küçücük kafada ne büyük bir hayal gücü!"

Böyle diyordu ve duygulandığım da gizlemiyordu.

"Ama beni de öldüreceğini söylemiştin."

"Başlangıçta söyledim. Sonra, seni başka bir biçimde öldürdüm. Yani, seni yüreğimde canlandırarak öldürdüm. Sen sevdiğim tek insansın, Portuga. Tek dostumsun. Bana artist resimleri, bilyeler, limonata, pasta aldığın için değil... Yemin ederim gerçeği söylüyorum."

"Dinle, seni herkes seviyor. Annen, hatta baban, Glória ablan, Kral Luís... Ya şekerportakalı fidanın? Onu unuttun mu yoksa? Minguinho adındaki ve..."

"Xururuca."

"İyi ya işte!.."

"Şimdi durum eskisi gibi değil, Portuga. Xururuca bir tek çiçek bile veremeyen basit bir portakal ağacı... Gerçek bu... Ama sen öyle değilsin. Dostumsun, bunun için yakında yalnız sana kalacak olan otomobilimizde dolaşmamızı istedim. Sana veda etmeye geldim."

"Veda mı?"

"Öyle. Görüyorsun, beş para etmeyen biriyim; dayak yemekten ve kulaklarımın çekilmesinden bıktım. Bir fazla boğazdan kurtaracağım onları..."

Gırtlağımda acılı bir düğüm hissetmeye başlıyordum. Geri kalanı söylemek için büyük cesarete ihtiyacım vardı.

"Kaçacak mısın?" dedi.

"Hayır. Bütün hafta bunu düşündüm. Bu gece kendimi Mangaratiba'nın altına atacağım."

Bir şey söylemedi. Beni bütün gücüyle kollarında sıktı ve başka kimsenin bilmediği bir biçimde avuttu.

"Hayır. Tanrı aşkına bunu söyleme. Önünde güzel bir hayat var. Bu zekâ ve hayal gücüyle... Bir daha ne böyle düşünmeni, ne de söylemeni istiyorum bunu! Ya ben?.. Beni sevmiyor musun? Beni gerçekten seviyorsan ve eğer yalan söylemiyorsan, bir daha böyle konuşmaman gerekir."

Benden uzaklaştı ve gözlerimin içine baktı. Elinin tersiyle yaşlarımı sildi.

"Seni çok seviyorum, Sivrisinek. Sandığından da çok. Hadi, gülümse."

İtiraflarımda biraz rahatlamıştım, gülümsedim.

"Bütün bunlar geçecek. Yakında uçurtmalarınla sokağın hâkimi, bilyelerin kralı, Buck Jones kadar güçlü bir kovboy olacaksın... Öte yandan, başka bir şey de düşündüm. Öğrenmek ister misin?"

"Evet."

"Cumartesi günü Encantado'ya, kızımı görmeye

gitmeyeceğim. Kocasıyla Paqueta'da birkaç gün geçirecek. Hava güzel olduğundan, Guandu'da balık tutmayı düşündüm. Benimle gelecek bir dostum olmadığından, sen aklıma geldin."

Gözlerim parladı.

"Götürür müsün beni?"

"Elbette, istersen... Gelmek zorunda değilsin ama."

Karşılık yerine yanağımı onun sakallı yanağına dayadım, kollarımı boynuna doladım ve bütün gücümle sıktım.

Mutluyduk, bütün trajedi uzaklaşmıştı.

"Güzel bir köşe var. Yiyecek bir şeyler götürürüz. En çok ne istersin?"

"Seni, Portuga."

"Ben salamdan, yumurtadan, muzdan söz ediyorum..."

"Her şeyi severim. Evde yiyecek bir şey bulduğumuz zaman sevmeyi öğrendik."

"Öyleyse gidiyor muyuz?"

"Bunu düşünmekten uyku uyuyamayacağım."

Ama ciddi bir sorun mutluluğumu gölgeliyordu.

"Bütün gün boyunca, evden uzaklaşmak için ne diyeceksin?"

"Bir şey uydururum."

"Ya sonra seni yine döverlerse?.."

"Ay sonuna kadar kimse beni dövemez. Glória'ya söz verdiler. Glória'nın gözü karadır. Benden başka ailenin tek sarışınıdır o."

"Doğru mu."

"Evet, doğru. Ancak bir ayın sonunda, 'kendime geldiğim zaman' bana el sürebilirler."

Motoru işletti ve dönüş yolunu tuttu.

"Öyleyse, o şeyden bir daha söz edilmeyecek demektir."

"Neyden?"

"Mangaratiba'dan."

"Biraz bekleyeceğim önce..."

"Daha iyi."

Sonra Bay Ladislau'dan, kendisine o kadar söz verdiğim halde, Portuga'nın, gece geç vakit ve ancak Mangaratiba'nın geçişinden sonra eve döndüğünü öğrendim...

Güzel bir yoldan geçtik. Yol ne asfaltlanmıştı, ne de parke taşı döşeliydi. Ama iki yanı ağaçlar ve çayırlarla kaplıydı, harika bir yerdi. Güneş ve masmavi gökyüzü de cabası. Bir gün Dindinha bana, sevincin 'yürekte ışıldayan bir güneş' olduğunu söylemiş, güneşin her şeyi mutlulukla aydınlattığını belirtmişti. Bu doğruysa, benim iç güneşim de şimdi her şeyi güzelleştiriyordu...

Yığınla şeyden söz ederken, otomobil acelesiz kaymakta ve konuşmamızı dinlemek ister gibiydi.

"Demek, benimle birlikteyken çok uslusun. Öğretmeninle de... Neydi adı?"

"Bayan Cecilia Paim. Biliyor musun, gözünün üzerinde beyaz bir leke var."

"Bayan Cecilia Paim sınıfta olmadığın zamanlar bütün bu yaramazlıkları yaptığına inanmıyor demek! Glória ve küçük kardeşine karşı da iyisin. Öyleyse neden değişiyorsun böyle ikide bir?"

"Bilmiyorum. Tek bildiğim, yaptığım her hareketin kötü sonuçlar verdiğidir. Bütün sokak, oynadığım kötü oyunlardan haberli. Sanki şeytan alçak sesle bana birtakım kötülükler fısıldıyor. Böyle olmasa, bunca azgınlığı yapamazmışım. Edmundo Dayım böyle söyledi. Bir keresinde o zavallı ihtiyara da ne yaptım biliyor musun? Sana hiç anlatmadım mı?"

"Hiç."

"En az altı ay önce oldu. Kuzeyden ona bir hamak gelmişti, çok hoşnuttu hayatından. İçine uzanıp sallanmama izin vermiyordu, o... çocuğu."

"Ne dedin?"

"Tamam, tamam! Namussuz, üzerinde kestirdikten sonra hamağı çözüyor ve koltuğunun altında götürüyordu. Sanki hamağını yiyecekmişim gibi! Bunun üzerine, bir gün Dindinhalara gittim. Dindinha içeri girdiğimi görmedi. Gazetelerdeki ilanları okumak için gözlüğünü takmış olmalıydı. Evin çevresini dolandım ve hintarmutlarına baktım; bir şey bulamadım. Derken hamağında horlayan Edmundo Dayı'yı fark ettim. Hamağı, çitle bir portakal ağacının arasına asmıştı. Ağzı aralıktı, bir domuz gibi horluyordu. Gazetesi yere düşmüştü. O ara şeytan kulağıma bir şey fısıldadı ve cebimde bir kibrit kutusu bulunduğunu hatırladım. Bir parça gazete yırttım ve öbür yapraklardan da küçük bir küme yaptım, tutuşturdum. Alevler, şeyinin altında belirince..."

Duraladım ve ciddi ciddi sordum:

"Portuga, 'kıç' diyebilir miyim?"

"Hımmm, pek hoş değil, bunu sık sık söylememek gerekir."

"O zaman, insan 'kıç' demek istediğinde ne söyleyebilir?"

"Kaide."

"Nasıl? Bu zor sözcüğü mü öğrenmem gerekiyor?"

"Kaide. *Ka-i-de.*"

"Peki, kıçının kaidesinin altında kâğıtlar yanmaya başlayınca koşarak kaçtım, bahçe kapısından dışarı fırladım ve çitteki küçük bir delikten olup bitenlere baktım. Derken büyük bir haykırış işittim. İhtiyar havaya fırladı ve hamağı kaldırdı. Dindinha yetişti, üstelik onu azarladı da: 'Hamağında sigara içmemeni söylemekten dilimde tüy bitti.' Yanık gazeteyi görünce de, bunu daha okumamış olduğundan yakındı."

Portekizli kahkahalarla gülüyordu, onu neşeli gördüğüm için sevinçliydim.

"Seni dövdüler mi?"

"Bir şey anlamadılar. Olayı yalnız Xururuca'ya anlattım. Beni yakalasalar keserlerdi şeyimi..."

"Neyini keserlerdi?"

"Canım, hadım ederlerdi işte."

Yeniden gülmeye koyuldu ve yola bakarak ilerlemeye devam ettik. Otomobil sarı bir toz kaldırıyordu. Bir şeyler düşünmekteydim.

"Portuga, bana yalan söylemedin, değil mi?"

"Hangi konuda, Sivrisinek?"

"Hiç kimseden, 'Kaidesine bir tekme yedi,' sözlerini duymadım da... Yalnız senden işittim bunu."

Yine güldü.

"Felaketsin. Ben de pek söylemem bunu. Unut kaideyi, yerine 'popo'yu kullan. Ama konuyu değiştirelim artık, yoksa sonunda sana verecek karşılık bulamayacağım. Çevrene bak, bütün şu koca ağaçlara. Irmağa yaklaşıyoruz."

Sağa saptı ve bir patikaya girdi. Otomobil ilerliyor, ilerliyordu. Bir açıklığın orta yerinde durdu. Koca koca kökleri dışarı fırlamış, çok yüksek bir ağaç vardı burada.

Sevinçten ellerimi çırptım.

"Ne güzel! Ne hoş bir yer! Buck Jones'u gördüğümde, ovalarıyla çayırlarının, bizim bu yerimizin yarısıkadar bile güzel olmadığını söyleyeceğim."

Ellerini saçlarımda gezdirdi.

"İşte seni böyle görmek istiyorum. Kafanda örümcek ağlarıyla değil de tatlı hayallerle yaşarken..."

Arabadan indik, eşyamızı ağacın gölgesine taşımasına yardım ettim.

"Buraya hep yalnız mı gelirsin, Portuga?"

"Aşağı yukarı her zaman. Görüyor musun? Benim de bir ağacım var."

"Adı ne, Portuga? İnsanın bu kadar büyük bir ağacı olursa, ona bir ad vermesi gerekir."

Düşündü, gülümsedi ve yine düşündü.

"Benim sırrım bu, ama sana söyleyeceğim. Ağacın adı, Kraliçe Charlotte."

"Seninle konuşuyor mu?"

"Hayır, konuştuğu yok. Çünkü bir kraliçe, hiçbir zaman halkıyla yüz yüze konuşmaz. Ama ben ona hep 'Majesteleri' derim."

"Kraliçenin halkı nedir?"

"Verdiği emirlere boyun eğen insanlar."

"Ben de senin halkın olabilir miyim?"

Otları bile kımıldatan neşeli bir kahkaha attı.

"Hayır, çünkü ben kral değilim, emir vermiyorum. Senden birtakım şeyler istiyorum yalnızca."

"Ama kral olabilirsin. Kral olmak için gerekli her şeyin var. Krallar da senin kadar iridir. Kupanın, maçanın, sineğin, karonun kralı, iskambil kâğıtlarındaki bütün krallar senin kadar güzeldir, Portuga."

"Hadi, hadi, işbaşına. Yoksa, bu gevezeliğin sonunda bir tek balık bile avlayamayacağız."

Bir oltayla, solucan dolu bir konserve kutusu aldı, pabuçlarını çıkardı ve yeleğini çıkarıp kenara koydu. Yeleksiz daha da şişmandı. Irmağı gösterdi. "Şurada oynayabilirsin, sığdır. Ama öbür yana gitme, su çok derinleşir orada. Şimdi balık avlayacağım. Benimle kalmak istersen konuşmamalısın, sonra balıklar kaçabilir."

Onu balık avıyla baş başa bıraktım ve dolaşmaya çıktım; yeni keşiflerde bulunmaya. Ne kadar güzeldi ırmağın bu köşesi. Ayaklarımı suya soktum ve her yanda yığınla küçük kurbağa gördüm. Kuma, çakıltaşlarına, akıntının sürüklediği yapraklara baktım. Glória'yı düşündüm. O söylerdi:

Ey kaynak, bırak beni, diyordu
Çiçek ağlarken.
Tepelerde doğdum
Denize doğru götürme beni.

Boşuna'. Dalların, oynayışı
Dalların tatlı tatlı oynayışı
Boşuna! Saydam çiy damlacıkları
Gökyüzünün maviliğinden inen...

Ama gürültücü ve soğuk kaynak
Alaycı bir mırıltıyla
Koşuyordu kumlarda
Koşuyordu çiçeği sürükleyerek...

Glória haklıydı. Yeryüzünün en güzel şeyiydi bu. Ne yazık ki bu, şiirin yaşadığını gördüğümü ona anlatamazdım. Bir çiçek değil, küçük yapraklardı ağaçlardan dökülen ve denize doğru giden. Irmak, bu ırmak da denize doğru gidiyor muydu acaba? Portuga'ya sorabilirdim bunu. Hayır, balık avına engel olurdum sonra. Ama balık avının sonucu iki küçük çırçırdı, bunları yakaladığına yanıyordu insan.

Güneş iyice yükselmişti. Hayatla oynayıp gevezelik etmekten yüzüm kıpkırmızıydı. O sıra Portuga yaklaştı ve bana seslendi. Keçi yavrusu gibi hoplaya zıplaya koşarak yanına gittim.

"Leş gibisin, Sivrisinek," dedi.

"Oynadım durdum. Yere yattım. Suda eğlendim."

"Yemek yiyeceğiz. Ama böyle, domuz yavrusu gibi pislik içindeyken yiyemezsin. Hadi, soyun ve suyun alçak olduğu yerde dal."

Dediğini yapmak istemiyordum, kararsız duruyordum.

"Yüzme bilmiyorum."

"Önemi yok bunun. Hadi, ben yakınındayım."

Yerimden kımıldayamıyordum. Onun görmesini istemiyordum.

"Önümde soyunmaktan utandığını söyleyecek değilsin herhalde."

"Hayır. Bu değil de..."

"Eee?"

Başka çarem yoktu, arkamı döndüm ve giysilerimi çıkarmaya başladım; önce gömleğimi, sonra bez askılarla tutturulmuş pantolonumu.

Her şeyi yere attım ve yalvarırcasına döndüm ona. Hiçbir şey söylemedi, ama gözleri dehşet ve isyanla doluydu. Yediğim dayaklardan kalan izleri, yaraları ve kabukları görmesini hiç istemezdim, ama gördü.

"Canın acıyacaksa suya girme," diye mırıldandı.

"Artık acımıyor."

* * *

Yumurta, salam, ekmek ve çok sevdiğim muzlu pasta yedik. Irmak suyu içtik ve Kraliçe Charlotte'un altına döndük.

Portekizli oturmak üzereyken ona beklemesini işaret ettim.

Elim göğsümde, ağacı selamladım.

"Majesteleri, halkınızdan Manuel Valadares ve Pinagé ulusunun en büyük savaşçısı... Efendimizin gölgeleri altına oturacağız."

Ve sonra gülerek oturduk.

Portuga yere uzandı, yastık niyetine yeleğini köklerden birine sardı ve bana:

"Şimdi şuraya uzan ve kısa bir uyku çekmeye bak," dedi.

"Canım istemiyor ama."

"Hiç önemi yok. Senin gibi bir şeytanı burada başıboş bırakmak istemiyorum."

Elini göğsüme koydu ve beni böylece tutsak etti. Uzunca bir süre, ağacın dalları arasından geçen bulutları seyrettik. En uygun andı bu. Şimdi konuşmazsam bir daha hiç konuşmayacaktım:

"Portuga!" dedim.

"Hımmm."

"Uyuyor musun?"

"Daha uyumuyorum."

"Pastanede Bay Ladislau'ya söylediğin doğru mu?"

"Pastanede Bay Ladislau'ya o kadar çok şey söyledim ki."

"Benimle ilgili. İşittim de, otomobilden..."

"Ne işittin?"

"Beni çok sevdiğini."

"Elbette ki seni seviyorum. Ne olmuş?"

Bunun üzerine kollarından kurtulmadan ona döndüm. Aralık gözlerine diktim bakışlarımı. Böyleyken yüzü daha da büyüktü, bir krala daha çok benziyordu.

"Beni gerçekten sevip sevmediğini öğrenmek istiyordum da."

"Elbette seviyorum, koca sersem."

Sözlerini kanıtlamak için beni daha da güçlü sıktı.

"İyi düşündüm. Bir tek Encantado'daki kızın var, değil mi?"

"Evet."

"Torunun olmadığını da söylemiştin bana, değil mi?"

"Evet."

"Beni sevdiğini de söylemiştin nasılsa."

"Evet."

"Öyleyse neden bizim eve gidip, babamdan beni sana vermesini istemiyorsun?"

Öyle duygulandı ki, doğrulup oturdu; yüzümü avuçlarının arasına aldı.

"Benim küçük oğlum olmayı ister misin?"

"İnsan doğumundan önce babasını seçemez. Ama seçmek elimde olsaydı seni isterdim."

"Doğru mu bu, Sivrisinek?"

"Yemin edebilirim. Hem sonra, evden de bir boğaz eksilir. Bir daha sövmeyeceğime, 'kıç' bile demeyeceğime söz veriyorum. Pabuçlarını boyarım, kuşlarına bakarım. Her zaman uslu otururum. Okulun en iyi öğrencisi olurum. Her şeyi çok iyi yaparım."

Ne diyeceğini bilemiyordu.

"Beni alabilsen, evde herkes sevinçten çılgına dönerdi. Onlar için büyük bir rahatlık olurdu bu. Antonio ve Glória'nın arasında bir kız kardeşim var, Kuzey'de bir yere verdiler. Okumak ve önemli biri olmak için çok zengin bir kuzinimizin yanına gitti..."

Sessizlik sürüp gidiyordu. Gözleri yaşlarla dolmuştu.

"Beni vermek istemezlerse satın alabilirsin. Babamın hiç parası yok. Beni satacağından eminim. Çok para isterse, Bay Jacob'un dükkânında müşterilerine yaptığı gibi birkaç taksitte ödersin..."

Karşılık vermediğini görünce yeniden yanına uzandım, o da uzandı, gözleri yaş içindeydi.

"Biliyor musun, seni ağlatmak istemiyordum..."

Hafif hafif saçlarımı okşadı.

"Bu değil, çocuğum, sorun bu değil. Basit bir oyunla hayat değiştirilemez. Ama şimdi başka bir şey önereceğim sana. Seni ailenden, ananla babandan büsbütün çekip alamam. Bunu yapmayı çok istediğim halde. Hakkım yok çünkü. Ama şimdiye kadar seni bir oğul gibi seven ben, bundan böyle, gerçekten oğlummuşsun gibi davranacağım sana."

Sevinçle yerimde doğruldum.

"Doğru mu, Portuga?"

"Yemin edebilirim, senin her zaman dediğin gibi."

Pek seyrek ve yalnızca aile içindekilere yaptığım bir şeyi yaptım; o iyilik dolu koca yüzünü öptüm...

Sevgiyi oluşturan ufak tefek şeyler

"Ve hiçbiri konuşmuyordu, hem de üstlerine bile binemiyordun demek, Portuga?"

"Evet."

"Oysa çocuktun, değil mi?"

"Evet. Ama bütün çocuklarda sendeki gibi ağaçları anlama talihi yoktur. Hem bütün ağaçlar da konuşmayı sevmez."

Sevgiyle güldü ve devam etti:

"Gerçek ağaç değildi bunlar, asmaydı. Sen sormadan anlatayım bari: Asmalar, üzüm ağaçlarıdır. Sarmaşık gibi tırmanan bir çeşit büyük bağdır bunlar. Bağbozumu zamanı çok güzel olurlar (nasıl olduğunu bana anlattı) ve üzümü ezerek yapılan şarap (yeniden anlattı)...

Konuştukça, bana pek çok şeyi en iyi biçimde anlatmayı başarıyordu. Edmundo Dayı kadar iyiydi.

"Daha çok anlat," dedim.

"Hoşuna gidiyor mu?"

"Çok. Elimden gelse, seninle sekiz yüz elli iki bin kilometre hiç durmadan konuşurdum."

"Bu kadar yola nasıl benzin yetiştiririz?"

"Gider gibi yaparız."

Sonra bana, kışın kuruyup samana dönüşen otları ve peynirin nasıl yapıldığını anlattı. 'Piynir' diyordu. Sözcükleri değiştiriyordu konuşurken, ama bunu daha da güzel buluyordum.

Sustu, derinden bir iç çekti.

"Yakın gelecekte oraya dönmek isterim. Sakin, tatlı bir yerde yaşlılığımı beklemek isterim. Monreal yakınında, Folhadela'da, o güzelim Trás-os-Montes'imde."

Geniş yüzü daha gergin ve hep pırıl pırıl olduğu halde, Portuga'nın babamdan daha yaşlı olduğunu o güne kadar fark etmemiştim. Garip bir şey oldu duygularımda.

"Ciddi mi konuşuyorsun?"

O zaman sezdi hayal kırıklığımı.

"Aptal, buna daha çok zaman var. Belki oraya hayatımda bir daha dönmeyeceğim."

"Ya ben?.. İstediğin gibi olmam için o kadar uğraştım!"

Elimde olmadan, gözlerim yaşlarla dolmuştu.

"Bazen benim de hayal kurabileceğimi kabul etmelisin."

"Ama hayalinde bana yer vermedin."

Keyifle güldü.

"Ben sana bütün hayallerimde yer veriyorum, Portuga. Tom Mix ve Fred Thompson'la yemyeşil geniş çayırlara doğru yola çıktığımda, fazla yorulmadan yolculuk edebilmen için sana bir posta arabası tuttum. Gittiğim bütün yerlerde sen de varsın. Zaman zaman, okulda kapıya bakıyorum ve senin görünüp bana günaydın diyeceğini düşünüyorum..."

"Tanrım! Hiç bu kadar sevgiye susamış bir küçük yürek görmedim... Ama biliyor musun, bana bu kadar bağlanman doğru değil."

* * *

Minguinho'ya anlattıklarım bunlardı işte. Minguinho benden de beter bir gevezeydi.

"Doğru bu. Xururuca, babam olduğundan beri çocuklarına kanat geren bir ana kuş gibi. Bütün yaptıklarımı beğeniyor. Ama kendine göre beğeniyor. Bu çocuk çok yükselecek, diyen ötekiler gibi değil. Yükseleceğim, ama Bangu'dan hiç çıktığım yok."

Minguinho'ya sevgiyle bakıyordum. Sevginin ne olduğunu gerçekten keşfedeli beri, bütün sevdiklerimi sevgiye boğuyordum.

"Biliyor musun, Minguinho; on iki çocuğum ve ardından bir on iki çocuğum daha olsun istiyorum, anladın mı? İlk on ikisi hep çocuk kalacak; kimse de onları dövmeyecek. Ötekiler büyük insanlar olacaklar. Onlara soracağım: Ne iş tutmak istiyorsun, yavrum? Oduncu mu olmak istiyorsun? Peki, işte sana baltayla kareli gömlek. Sen bir sirkte hayvan eğiticisi mi olmak istiyorsun? Peki, işte sana kırbaç ve giysi..."

"İyi ama, Noel'de bu kadar çocukla ne yapacaksın?"

Ah şu Minguinho! Böyle bir anda hiç insanın sözü kesilir mi?..

"Noel'de çok param olacak. Bir kamyon dolusu

kestane ve fındık alacağım. Bol bol ceviz, incir ve kuruüzüm. O kadar çok oyuncakları olacak ki, başkalarına verecekler; yoksul komşu çocuklarına dağıtacaklar... Şimdiden sonra zengin olacağım; piyangoda kazanmak istediğim büyük ikramiyeden de çok param olacak."

Minguinho'ya meydan okurcasına baktım, böylece sözümü kesmesini başına kakmış oluyordum.

"Bırak da arkasını anlatayım. Daha çok çocuk var. Peki, sen kovboy olmak mı istiyorsun oğlum? İşte sana eyer ve kement. Mangaratiba'nın makinisti mi olmak istiyorsun? İşte sana kasketle düdük..."

"Düdük niçin, Zezé? Tek başına konuşmaktan kafayı üşütüyorsun."

Totoca gelmiş yanıma oturmuştu. Dostça bir gülümsemeyle, şeritler ve bira kapaklarıyla süslü şeker portakalı fidanımı seyrediyordu. Bir istediği vardı.

"Zezé, bana dört yüz *reis* borç verir misin?"

"Hayır."

"Ama bu kadar paran var, değil mi?"

"Var."

"Nedenini bile sormadan bana bu parayı borç vermeyeceğini söylüyorsun, değil mi?"

"Trás-os-Montes'e gidebilmek için çok zengin olmak istiyorum."

"Bu da nesi şimdi?"

"Söylemem."

"Öyleyse kendine sakla."

"Kendime saklıyorum ve sana dört yüz *reis* borç vermiyorum."

"Sen sıçan gibi beceriklisin, iyi nişanlarsın. Yarın bilye oynar satabileceğin kadarını kazanırsın. Birkaç dakikada da dört yüz *reis*'ini geri alabilirsin."

"Yine de sana dört yüz *reis* borç vermememe engel değil bu. Benimle kavga etmeye de kalkma. Uslu uslu oturmak istiyorum, kimseyle ilgilendiğim yok."

"Kavga etmek istemiyorum. Ama sen benim en sevdiğim kardeşimsin. Ve şimdi kalpsiz bir canavar olmuşsun..."

"Ben canavar değilim. Kalpsiz bir mağara adamıyım."

"Ne?.."

"Bir mağara adamı... Edmundo Dayı bana bir dergideki fotoğrafını gösterdi. Elinde kalın bir sopasıyla kıllı bir adamdı fotoğraftaki. Mağara adamı, dünyanın ilk çağlarında yaşayan, mağaralarda oturan, şey mağaralarında, Nem... Nem... Nem bilmem ne işte. Adını ezberleyemedim, çünkü yabancı ve çok karışık bir addı."

"Edmundo Dayı'nın, kafana bu kadar saçmalık sokmaması gerekir. Hadi, veriyor musun parayı?"

"Bilmem bu kadar param var mı?"

"Pışşşşık!.. Pabuç boyamaya çıktığımızda sen bir şey kazanamadığın zaman, ben kazancımı ikiye bölmüyor muyum, Zezé? Yorulduğun zaman sandığını taşımıyor muyum?"

Doğruydu. Totoca bana çok seyrek kötü davranırdı. Sonunda bu parayı ona borç vereceğimi biliyordum.

"Verirsen, sana iki harika şey anlatırım," dedi.

Ses çıkarmadım.

"Portakal fidanının, benim demirhindi ağacımdan çok daha güzel olduğunu da söylerim."

"Söyler misin bunu?"

"Söyledim bile."

Elimi cebime attım ve bozuklukları salladım.

"Ya öbür iki şey?"

"Biliyor musun, Zezé, yoksulluğumuz artık sona erecek. Babam, Santo Aleixo fabrikasında idare amirliği buldu. Yeniden zengin olacağız. Sevinmedin mi?"

"Elbette. Babam adına sevindim. Ama Bangu'dan ayrılmak istemiyorum. Dindinha'yla kalırım. Buradan ancak Trás-os-Montes'e gitmek için ayrılırım..."

"Anlıyorum. Bizimle gelmektense Dindinha'yla kalmayı ve her ay bir müshil almayı yeğliyorsun, öyle mi?"

"Evet, ama nedenini hiçbir zaman öğrenemeyeceksin... Peki, ikincisi?"

"Burada söyleyemem. Duymaması gereken 'biri' var."

Onunla 'kulübe'nin yanına kadar gittim. Bu önleme karşın alçak sesle konuştu:

"Seni uyarmam gerek, Zezé; alışman için... Belediye, yolları genişletecek. Lağım akıtan bütün hendekler kapatılacak, bahçenin bu ucu da gidecek."

"Ne önemi var?"

"Sen ki çok zekisin, anlamadın mı?.. Yolu genişletmek için burada ne varsa ortadan kaldıracaklar."

Bana şekerportakalı fidanımın yerini gösterdi.

Ağlamak üzereydim.

"Yalan söylüyorsun, değil mi Totoca?"

"Böyle üzülmene gerek yok. Daha çok zaman var."

Parmaklarım cebimdeki paraları sinirli sinirli sayıyordu.

"Doğru söylemedin, değil mi Totoca?"

"Söyledim. Gerçek bu. Erkek değil misin sen canım?"

"Öyle..."

Ama gözyaşları yanaklarıma utanmasızca akıyordu. Yalvararak kardeşimin karnına yapışıyordum.

"Benimle birlik olursun, değil mi Totoca? Savaşmak için bir sürü insan bulurum. Kimse küçük portakal fidanımı kesemez..."

"Tamam. Onlara engel oluruz. Şimdi parayı veriyor musun?"

"Ne yapacaksın?"

"Bangu Sineması'na giremeyeceğine göre... Bir Tarzan filmi oynuyor. Ben gider, görürüm, sana sonra anlatırım."

Gözlerimi gömleğimin eteğiyle silerek cebimden beş yüz *reis* çıkarıp verdim.

"Üstü kalsın. Şekerleme alırsın..."

Şekerportakalı fidanımın yarana döndüm. Canım konuşmak istemiyordu. Tarzan filmini düşünüyordum. Önceki gün görmüştüm filmi. Daha önce Portuga'ya sözünü etmiştim filmin.

"Gitmek mi istiyorsun?"

"Gitmek isterdim ama, Bangu Sineması'na giremem."

Nedenini anımsadı. Güldü.

"Küçük kafanda kötü şeyler kurmuyorsun ya?"

"Yemin ederim, Portuga. Ama bir büyük benimle gelirse bir şey söylemeyeceklerini sanıyorum."

"Ya o büyük ben olursam... Bunu mu istiyorsun?"

Yüzüm sevinçle aydınlandı.

"Ama çalışmam gerek, yavrum," dedi.

"Bu saatte hiçbir yerde, hiç kimse olmaz. Oturup gevezelik edeceğine ya da otomobilinde uyuklayacağına gel; Tarzan'ın leoparlarla, timsahlarla, gorillerle nasıl boğuştuğunu gör. Kim oynuyor, biliyor musun? Frank Merrill."

Hâlâ kararını verememişti.

"Sen küçük bir şeytansın. Her şeye bir kulp buluyorsun."

"Saat daha iki. Nasılsa çok zenginsin, Portuga. Bugün de çalışma."

"Peki, gidelim. Ama yürüyerek gideceğiz. Arabayı olduğu yerde bırakacağım."

Ve sinemaya gittik. Ama gişedeki genç kız beni bir yıl süreyle sinemaya sokmamak için kesin emir aldığını söyledi.

"Sorumluluğunu ben üstleniyorum. Eskidendi o, şimdi uslandı," dedi Portuga.

Kız bana baktı, gülümsedim. Parmaklarımın ucuna bir öpücük kondurdum ve ona doğru üfledim.

"Bana bak, Zezé, yaramazlık yaparsan işimden olurum," dedi.

Minguinho'ya anlatmak istemediğim buydu. Ama fazla dayanamadım ve sonunda ona anlattım.

Mangaratiba

Öğretmenimiz Cecilia Paim, bir cümle, ama kendi bulduğu bir cümleyi yazmak için karatahtaya gelmek isteyen olup olmadığını sorunca, hiçbir öğrenci yerinden kımıldamadı. Ben bir şey düşündüm ve parmağımı kaldırdım.

"Gelmek mi istiyorsun, Zezé?"

Sıramdan çıktım, onun sözleriyle gururlanarak karatahtaya yürüdüm:

"Gördünüz mü! Sınıfın en küçüğü!" dedi.

Karatahtanın yansına bile yetişemiyordum. Tebeşiri aldım, aşağılarda bir yere özenle yazdım: "Birkaç gün sonra tatile gideceğiz."

Yanlış olup olmadığını anlamak için ona bakıyordum. Gülümsüyordu, hoşnuttu. Ve masanın üzerinde boş bir bardak vardı. Boş, ama onun söylediğine göre içinde her zaman hayali bir gül bulunan bardak. Belki Bayan Cecilia Paim çirkin olduğu için kimse ona çiçek getirmiyordu.

Yine de başarımdan hoşnut, sırama döndüm. Ayrıca, tatile girdiğimizde Portuga'yla birçok gezinti yapacağım için de sevinçliydim.

Daha sonra başkaları da birtakım cümleler yazmaya karar verdiler. Ama kahraman bendim.

O sırada biri sınıfa girmek için izin istedi. Geç kalanlardandı bu. Jeronimo'ydu. Çok telaşlı geldi ve tam arkama oturdu. Kitaplarını gürültüyle bıraktı ve yanındakilere bir şey anlattı. Dikkat etmedim. Bilgin olmak için iyi çalışmaya kararlıydım. Ama alçak sesle yapılan konuşmanın bir sözcüğü dikkatimi çekti. Jerónimo, Mangaratiba'dan söz ediyordu.

"Otomobile mi çarpmış?"

"Evet, Bay Manuel Valadares'in büyük otomobiline."

Elim ayağım kesildi, arkaya döndüm.

"Ne diyorsun?"

"Mangaratiba, Kızılderililer Sokağı'ndaki geçitte Portekizli'nin arabasına çarpmış. Bunun için geç kaldım. Tren, otomobili paramparça etmiş. Orası insandan geçilmiyor. Realengo itfaiyecilerini bile çağırmışlar."

Soğuk terler dökmeye başlamıştım; gözlerim buğulanmıştı. Jerónimo yanındakinin sorularına karşılık vermeye devam ediyordu:

"Ölüp ölmediğini bilmiyorum. Çocukların yaklaşmasına izin vermiyorlardı."

Farkına varmadan ayağa kalktım. Bir kusma isteği içimi buruyordu, bedenim soğuk bir terle kaplıydı. Sıramdan çıktım, kapıya doğru yürüdüm. Herhalde bembeyaz kesilen suratımdan ürküp yanıma yaklaşan Bayan Cecilia Paim'in yüzünü bile fark etmedim.

"Ne var, Zezé?"

Ama karşılık verecek durumda değildim. Gözlerim yaşlarla doluyordu. Sonra iyice aklım başımdan gitti, koşmaya başladım ve müdirenin odasına uğramayı bile düşünmeden koşmayı sürdürdüm. Sokağa çıktım, Rio-Sào Paulo yolunu unuttum, her şeyi unuttum. Koşmaktan, koşmaktan ve oraya varmaktan başka şey düşünmüyordum. Yüreğim, midemden de çok ağrıyordu. Hiç durmadan, Kızılderililer Sokağı boyunca koştum. Pastanenin önüne vardım. Jerônimo'nun yalan söyleyip söylemediğini anlamak için arabalara bir göz attım. Evet, bizim arabamız yoktu. Bir inilti koyverdim ve yeniden koşmaya başladım. Bay Ladislau'nun güçlü kolları beni durdurdu.

"Nereye gidiyorsun, Zezé?"

Gözlerimden yağmur gibi yaş akıyordu.

"Oraya gidiyorum."

"Gitmemelisin."

Kollarından kurtulamadan deli gibi debelendim.

"Sakin ol yavrum. Seni bırakmam."

"Demek, Mangaratiba öldürdü onu..."

"Hayır. Cankurtaran geldi bile. Yalnız otomobil çok kötü halde."

"Yalan söylüyorsunuz, Bay Ladislau."

"Neden yalan söyleyecekmişim? Trenin otomobili ezdiğini sana söylemedim mi? Kendisi hastanede. Ziyaret kabul edebilecek duruma gelince seni ona götürürüm, söz veriyorum. Şimdi gel de bir şey iç."

Bir mendil çıkarıp terimi sildi.

"Biraz kusmak istiyorum."

Duvara dayandım, alnımı tuttu.

"Biraz daha iyi misin, Zezé?"

Başımla evetledim.

"Seni evine götürmemi ister misin?"

Başımla istemediğimi belirtip ağır ağır, ne yapacağımı şaşırmış bir halde uzaklaştım. Bütün gerçeği biliyordum. Mangaratiba asla bağışlamazdı. Trenlerin en güçlüsüydü. İki kez daha kustum ve kimsenin artık benimle ilgilenmediğini gördüm. Yeryüzünde kimse kalmamıştı. Okula dönmedim, yüreğimin beni götürdüğü yere gidiyordum. Zaman zaman hıçkırıklara boğuluyor, yüzümü önlüğüme siliyordum. Bir daha hiç göremeyecektim Portuga'mı, hiç. Gitmişti. Ve yürüyor, yürüyordum. Kendisine Portuga dememe ve 'yarasalık' yapmama izin verdiği yerde duruyordu. Bir ağaç gövdesine oturdum ve alnım dizlerimde, tortop oldum.

Birden, içimden büyük bir başkaldırı yükseldi.

"Kötüsün, küçük İsa! Ben ki bu kez benim için Tanrı olarak doğacağına inanıyordum, bana bunu yaptın demek! Neden beni de öbür çocukları sevdiğin gibi sevmiyorsun! Uslu durdum. Kavga etmedim, derslerime çalıştım, sövmedim, 'kıç' bile demedim. Neden bana bunu yaptın, küçük İsa? Küçük portakal fidanımı kesecekler, kızmadım. Yalnızca biraz ağladım. Ama şimdi... şimdi..."

Yeni bir gözyaşı yağmuru.

"Portuga'mın geri gelmesini istiyorum, küçük İsa. Bana Portuga'mı geri vermelisin..."

Derken çok tatlı, çok yumuşak bir ses yüreğimle konuştu. Üzerinde oturduğum ağacın acıma dolu sesi olmalıydı bu:

"Ağlama, küçük çocuk. O, göklerde."

Hava kararırken gücüm kalmamıştı, kusacak ve

ağlayacak halim bile yoktu. Totoca, beni Bayan Helena Villas-Boas'ın evinin önünde bir basamakta otururken buldu.

Benimle konuştu, ona bir iniltiyle karşılık verdim.

"Nen var, Zezé? Konuş benimle."

Ama ben alçak sesle inlemeye devam ediyordum. Totoca elini alnıma koydu.

"Ateşten yanıyorsun. Nen var, Zezé? Benimle gel, eve gidelim. Yavaş yavaş yürümene yardım ederim."

İki inilti arasında konuşabildim:

"Bırak beni, Totoca. Bir daha o eve gitmeyeceğim."

"Hadi gel. Orası bizim evimiz."

"Artık benim evim yok. Her şey bitti."

Ayağa kalkmama yardım etmek istedi, ama hiç gücümün kalmadığını gördü.

Kollarını boynuma dolayarak kucakladı beni.

Eve gittik. Beni yatağıma yatırdı.

"Jandira, Glória! Nerede bunların hepsi?" diye bağırmaya başladı.

Alaídelerde gevezelik eden Jandira'yı buldu.

"Jandira, Zezé çok hasta."

Jandira homurdanarak eve geldi.

"Yine bir numara olmalı. Esaslı bir kötek..."

Ama, Totoca çok düşünceli girmişti odaya.

"Hayır, Jandira. Bu kez çok hasta, ölecek..."

* * *

Hiçbir şey yutmak istemeden üç gün, üç gece geçirdim. Ateş beni yiyip bitiriyordu. Yiyecek ya da içecek bir şey vermek istediklerinde kusmaya başlıyordum. Zayıflıyor, zayıflıyor, zayıflıyordum.

Kımıldamadan, saatler boyu duvara bakıyordum. Çevremde konuşulduğunu işitiyordum. Her şeyi anlıyor, ama karşılık vermek istemiyordum. Konuşmak istemiyordum. Göklere uçmaktan başka isteğim yoktu.

Glória odasını değiştirmişti, gecelerini yanımda geçiriyordu. Işığı söndürmelerine izin vermiyordu. Herkes çok iyiydi. Dindinha bile gelip bizimle birkaç gün geçirdi.

Totoca, iyice açılmış gözlerle saatlerce yanımda duruyor, zaman zaman benimle konuşuyordu:

"Doğru değildi, Zezé. Bana inanman gerek. Seni üzmek için söyledim. Yol genişletilmeyecek, hiçbir şey..."

Ev sessizlik içindeydi, ölümün kadifeden ayakları gezinir gibi. Gürültü yapılmıyor, herkes alçak sesle konuşuyordu. Annem, aşağı yukarı bütün gece yanımda kalıyordu. Ve ben 'O'nu düşünüyordum. Kahkahalarını, konuşmalarını. Dışardaki cırcırböcekleri bile sakalının çıkardığı *hırt hırt* sesini taklit ediyorlardı. Onu düşünmekten kendimi alamıyordum. Şimdi acının ne olduğunu gerçekten biliyordum. Ayağını bir cam parçasıyla kesmek ve eczanede dikiş attırmak değildi bu. Acı, insanın birlikte ölmesi gereken şeydi. Kollarda, başta en ufak güç bırakmayan, yastıkta kafayı bir yandan öbür yana çevirme cesaretini bile yok eden şeydi.

Durum kötüye gidiyordu. Kemiklerim derimden fırlamıştı. Doktor çağrıldı. Dr. Faulhaber geldi, beni muayene etti. Kararını vermekte gecikmedi:

"Bu bir şok. Şiddetli bir vurgun. Ancak bu şoku atlatırsa yaşayacaktır."

Glória, doktorla birlikte dışarı çıktı ve durumu

ona anlattı:

"Gerçekten bir şok bu doktor. Şekerportakalı fidanını keseceklerini öğreneli beri böyle."

"Öyleyse, bunun doğru olmadığına onu inandırmak gerek."

"Şimdiye kadar bütün yolları denedik, ama inanmıyor. Onun için portakal fidanı, bir insan. Çok garip, çok duyarlı ve erken gelişmiş bir çocuk."

Her şeyi işitiyor ve yaşamak istememeye devam ediyordum. Göklere uçmak istiyordum; oysa hiçbir canlı oraya gitmiyordu.

İlaçlar satın alındı, kusmalarım kesilmiyordu.

O sıra çok güzel bir şey oldu. Bütün sokak beni görmek üzere harekete geçti. Şeytanın ta kendisi olduğum unutuldu. Bay *Yoksulluk ve Açlık,* bana bir pasta getirdi. Nega Eugenia yumurta getirdi ve kusmalarımın kesilmesi için karnımın üzerine okudu, üfledi.

"Bay Paulo'nun oğlu ölüm halinde..." diye fısıldaşıyorlardı.

Bu arada güzel şeyler de söylüyorlardı bana:

"Çabuk iyileşmeksin, Zezé. Sen ve haşarılıkların olmayınca sokak öyle iç karartıcı ki..."

Bayan Cecilia Paim beni görmeye geldi, çantamla birlikte çiçek getirdi. Bunun da, yeniden gözlerimi yaşartmak gibi bir etkisi oldu.

Sınıftan çıkışımı gördüğünü anlatıyordu, bundan başka bildiği yoktu.

Ama gerçekten en iç paralayıcı olay, Bay Ariovaldo'nun gelişiydi. Sesini tanıdım ve uyur gibi yaptım.

"Burada uyanmasını bekleyin efendim."

Oturdu ve Glória'yla konuşmaya başladı:

"Bakın küçükhanım, evinizi bulana kadar, bütün mahalleyi koşarak dolaştım, sorup durdum."

Uzun uzun burnunu çekti.

"Benim küçük dostum ölemez, hayır. Onu bırakmamak gerek, küçükhanım. Şarkı sözlerimi size getiriyordu, değil mi?"

Glória güçlükle karşılık verebiliyor, adamcağız konuşuyordu:

"Bu zavallı küçüğün ölümüne engel olmak gerek. Başına bir felaket gelirse, bu uğursuz mahalleye bir daha uğramayacağım..."

Odaya girince yatağın yanına oturdu ve elini yanağıma yapıştırdı.

"Dinle, Zezé! İyileşmen ve yine benimle birlikte şarkı söylemen gerek. Sensiz pek bir şey satamadım. Herkes seni soruyor. 'Hey Ariovaldi! Nerede küçük kanaryan?' diyorlar. İyileşeceğine söz veriyorsun değil mi, söz veriyor musun?"

Gözlerim bir kez daha yaşlarla dolacak gücü buldu. Bunu görünce Glória, Bay Ariovaldo'yu dışarı çıkardı, heyecanlanmamam gerekiyordu çünkü.

* * *

Daha iyiye gidiyordum. Sonunda bir şeyler yutup midemde tutabildim. Ama aynı şeyi yeniden düşündüğümde ateşim çıkıyor, ürpertiler ve soğuk terlerle birlikte kusmalar yeniden başlıyordu. Zaman zaman, Mangaratiba'nın fırlayıp onu ezdiğini görmekten kendimi alamıyordum. Küçük İsa'dan, hiçbir şey duymamış olmasını diliyordum.

Glória geliyor ve elini alnımda gezdiriyordu.

"Ağlama, Gum. Bütün bunlar geçecek. İstersen hintkirazımı sana veririm, yalnız senin olur. Bir daha kimse ona dokunamaz."

Ama dişleri dökülmüş, meyve bile veremeyen yaşlı bir hintkirazı ne işime yarardı? Küçük şekerportakalı fidanım bile yakında, çok yakında tılsımlı gücünü yitirecek, bütün benzerleri gibi bir ağaç olacaktı. Kuşkusuz, fırsat verirlerse zavallıya...

Bazıları için ölmek kolaydı. Uğursuz bir trenin gelmesi yetiyordu, tamamdı bu iş. Ama benim için göklere uçmak ne kadar güçtü. Herkes engel olmak için bacaklarımı tutuyordu.

Glória'nın iyiliği ve bağlılığı beni biraz konuşturmayı başarabiliyordu. Babam bile geceleri sokağa çıkmaz oldu. Ve Totoca, vicdan azabından öyle zayıfladı ki, Jandira sonunda onu payladı:

"Bir hasta yetmiyor mu Antonio?"

"Neler hissettiğimi anlamak için benim yerimde olmalısın. Bunu ona ben anlattım. Uyuduğum zaman bile başını karnıma yaslamış, ağladığını hissediyorum, hem ne ağlamak..."

"Herhalde sen de ağlamayacaksın şimdi. Koca çocuksun. Üstelik o yaşayacak. Git de bana 'Yoksulluk ve Açlık'tan bir kutu süt al."

"Parasını ver öyleyse, babama veresiyeyi kesti."

Güçsüzlük beni sürekli bir uyku halinde tutuyordu. Günle geceyi ayıramaz olmuştum. Ateş düşüyordu, titremelerimin arası da uzamaya başlıyordu. Gözlerimi açıyor, alacakaranlıkta benden uzaklaşmayan Glória'yı buluyordum. Salıncaklı koltuğu odaya getirmişti, sık sık da yorgunluktan uyuyakalıyordu.

"Godóia, akşam oldu mu?"

"Neredeyse, şekerim."

"Pencereyi açar mısın?"

"Başını ağrıtmaz mı?"

"Sanmıyorum."

İçeri ışık giriyor ve mavi bir gökyüzü parçası görünüyordu. Gökyüzüne baktım, yeniden ağlamaya koyuldum.

"Bu da nesi, Zezé? Küçük İsa'nın senin için yaptığı böyle güzel bir gökyüzü... Sabah söyledi bunu bana..."

Gökyüzünün benim için ne anlama geldiğini anlayamazdı.

Bana yaklaşıyordu, ellerimi tutuyor, avutmaya çalışarak konuşuyordu. Yüzü zayıf ve yorgundu.

"Biliyor musun Zezé, yakında düzeleceksin. Uçurtma uçuracak, dağlar gibi bilye ütecek, ağaçlara tırmanacak, Minguinho'nun üzerinde atçılık oynayacaksın. Yeniden o şarkı söyleyen, bana şarkı sözleri ve bir sürü güzel şey getiren çocuk olmanı istiyorum. Bizim sokakta oturanların ne kadar üzgün olduğunu gördün. Herkes senin canlılığını, neşeni arıyor... Ama biraz çaba göstermelisin. Yaşamak, yaşamak ve yaşamak."

"Görüyorsun, Godóia. Hiç yaşama isteğim yok artık. İyileşirsem kötü bir çocuk olacağım. Anlayamazsın sen. Artık uslu durmama değecek kimsem kalmadı."

"Çok uslu olman da gereksiz. Çocuk ol, o her zamanki küçük çocuk."

"Niçin, Godóia? Herkes beni dövsün diye mi? Herkes beni azarlasın diye mi?.."

Yüzümü avuçları arasına aldı ve kararlı bir sesle konuştu:

"Dinle, Gum! Bir şeye yemin ederim: İyileştiğinde kimse, hiç kimse, Tanrı bile sana elini sürmeyecektir. Bunu yapmak için önce cesedimin üzerinden geçmeleri gerekir. Bana inanıyor musun?"

Olumlu bir 'hım' sesi çıkardım.

"Ceset nedir?"

İlk kez büyük bir sevinç Glória'nın yüzünü aydınlattı. Gülmeye koyuldu. Karmaşık sözcüklerle ilgilenirsem, bunu yeniden yaşamak istemeye başladığımın belirtisi olduğunu biliyordu.

"Ceset, ölümle, ölüyle aynı şey. Ama şimdi bundan söz etmeyelim, sırası değil."

Sözünü etmemenin daha iyi olacağını biliyordum, ama onun günlerdir bir ceset olduğunu düşünmekten de kendimi alamıyordum. Glória benimle konuşmayı sürdürüyor, bir sürü söz ediyordu. Ne var ki, ben şimdi de o iki kuşu düşünüyordum. Muhabbetkuşunu ve kanaryayı. Ne yapmışlardı onları? Orlando Cabelo de Fogo'nun ispinozu gibi belki onlar da üzüntüden ölecekti. Belki özgürlüklerine kavuşturmak için kafeslerinin kapısını açmışlardı. Ama bu da onları öldürmek gibi bir şey olurdu. Çünkü uçmayı unutmuşlardı artık. Çocuklar sapanla vurana kadar portakal ağaçlarının üzerinde hareketsiz, aptal aptal duracaklardı. Rengârenk kuşlarını besleyecek parası kalmayınca Zico kafes kapılarını açmış ve tam bir kıyım olmuştu. Bir tek kuş bile çocukların taşlarından kendini kurtaramamıştı...

Evde hayat yeniden olağan akışını sürdürmeye başladı. Yeniden her yanda gürültüler işitildi. Annem işine dönmüştü. Salıncaklı koltuk, salonda her zamanki yerine konmuştu yeniden. Yalnız Glória görevi başından ayrılmıyordu. Beni ayağa kalkmış görmedikçe de uzaklaşmayacaktı.

"İç şu çorbayı, Gum. Jandira sana bunu yapmak için siyah tavuk kesti. Bak ne güzel kokuyor."

Ve kaşıktaki çorbayı üflüyordu.

"İstersen benim gibi yap, ekmeğini kahvene batır. Ama içerken gürültü çıkarma. Yakışıksız bir şey

bu."

"Hadi Gum, ne oluyor? Şimdi de siyah tavuğu kestikleri için ağlayacak değilsin herhalde? Kartlaşmıştı. Öyle kartlaşmıştı ki, artık yumurtlamıyordu..."

"Sonunda oturduğum yeri keşfettin."

"Hayvanat bahçesinde kara bir panter olduğunu biliyorum, ama ondan daha vahşi bir başka panter satın alacağız."

"Seni kaçak seni, bu kadar zamandır neredeydin!"

"Godóia, şimdi içirme. İçersem yeniden kusmaya başlayacağım."

"Daha sonra verirsem içer misin?"

Bunun üzerine, kendimi tutamadım, cümle ağzımdan çıkıverdi:

"Uslu duracağıma, bir daha kavga etmeyeceğime, hiç sövmeyeceğime, 'kıç' bile demeyeceğime söz veriyorum... Ama hep senin yanında kalmak istiyorum..."

Yeniden Minguinho'yla konuştuğumu sandıklarından bana acımayla baktılar.

* * *

Önce pencerede belli belirsiz bir hışırtıydı, sonra cama biri vurmaya başladı. Dışardan, çok tatlı bir ses geliyordu:

"Zezé!"

Yerimden kalktım, başımı pencerenin tahtasına dayadım.

"Kim o?"

"Benim. Aç!"

Glória'yı uyandırmamak için gürültü yapmamaya çalışarak tokmağı çevirdim. Karanlıkta bir mucizeye benziyordu bu. Minguinho, 'koşumlarıyla' pırıl pırıldı.

"İçeri girebilirsin. Ama gürültü etme, Glória uyanabilir."

"Uyandırmayacağımdan emin olabilirsin."

Odaya atladı ve ben yatağıma döndüm.

"Bak sana kimi getirdim, o da ziyaretine gelmek istedi."

Kolunu uzattı. Gümüşsü bir kuş gördüm.

"İyi seçemiyorum, Minguinho."

"Dikkatle bak. Şaşırtıcı bir şeyle karşılaşacaksın. Onu gümüş tüylerden koşumlarla donattım. Güzel değil mi?"

"Luciano! Ne güzelsin. Hep böyle olman gerek. Califa Stork'un hikâyesindeki gibi bir şahin sanmıştım seni."

Heyecanla başını okşadım, ilk kez çok yumuşak olduğunu ve yarasaların bile sevilmekten hoşlandığını hissettim.

"Park etmediğin bir şey var. İyi bak."

Olduğu yerde döndü.

"Tom Mix'in mahmuzlarını taktım. Ken Maynard'ın şapkasını giydim. Fred Thompson'un iki tabancası da bende. Richard Talmadge'in kayışı ve çizmeleri de. Üstüne üstlük Bay Ariovaldo çok sevdiğin kareli gömleğini ödünç verdi."

"Hiç bu kadar güzel bir şey görmedim, Minguinho. Bütün bunları nasıl buldun?"

"Bana ödünç vermeleri için senin hasta olduğunu öğrenmeleri yetti."

"Hep bu kılıkta kalamaman ne kötü!"

Kendisini bekleyen sonu bilip bilmediğini düşünerek Minguinho'ya bakıyordum. Ama bir şey söylemedim.

O sırada yatağın kıyısına oturdu, gözleri tatlılık ve kuşkuyla dolup taşıyordu. Yüzünü yüzüme yaklaştırdı.

"Ne var, Xururuca?" dedi.

"Ama Xururuca sensin, Minguinho."

"Öyleyse sen, Xururuquinha'sın. Sevgimi ancak bana söylediğin sevgi sözleriyle anlatabilirim. Başka şeylerle değil."

"Böyle konuşma. Doktor ağlamamı ve heyecanlanmamı yasakladı."

"Ben de ağlamanı istemiyorum zaten. Tam tersine. Seni çok aradığım, seni yeniden neşeli, sağlıklı görmek istediğim için geldim. Hayatta her şey geçer. Seni gezmeye götürmek için geldim. Geliyor musun?"

"Çok güçsüzüm."

"Biraz temiz hava iyi gelir ama. Pencereden atlamana yardım edeceğim."

Ve dışarı çıktık.

"Nereye gidiyoruz?"

"Kanalizasyonların üzerinde dolaşacağız."

"Ama Baron de Capanema Sokağı'ndan geçmek istemiyorum. Bir daha geçmek istemiyorum oradan."

"İyi ya! Biz de Kanal Sokağı'nı sonuna kadar izleriz."

Minguinho boşluğu yaran bir at olmuştu. Luciano omzumda dengeli duruyordu.

Kanalizasyonlara vardığımızda, Minguinho koca koca borular üzerinde dengemi yitirmemem için elimi tuttu. Güzeldi bu. Bir delik olan yerde su çeşme gibi fışkırıyor, bizi ıslatıyor, tabanlarımızı gıdıklıyordu. Biraz başımın döndüğünü hissediyordum, ama Minguinho'nun bana ilettiği dirlik iyi olduğum izlenimini uyandırıyordu. Hiç değilse kalbim normal, korkusuz atıyordu.

Ansızın uzaktan bir düdük sesi geldi.

"İşittin mi, Minguinho?"

"Bir tren sesi."

Bu arada bir de garip gürültü yaklaşıyordu. Yeni düdük sesleri sessizliği deldi geçti. Ve dehşet beni felce uğrattı.

"Gelen o, Minguinho! Mangaratiba! Katil!"

Rayların üzerindeki tekerleklerin gürültüsü ürkütücü bir biçimde Duyuyordu.

"Çık şuraya, Minguinho! Çabuk çık, Minguinho!"

Parlak mahmuzları yüzünden, Minguinho bir türlü boruların üzerinde dengeli durmayı başaramıyordu.

"Çık, Minguinho! Elini ver bana. Seni öldürmek istiyor. Seni ezmek istiyor. Seni parça parça etmek istiyor."

Minguinho borunun üzerine çıkmıştı ki, uğursuz tren düdük çalarak ve kara bir bulut üfleyerek yanımızdan geçti.

"Katil!.. Katil!.."

Tren rayların üzerinde son hızla ilerlemeye devam ediyor, kahkahalarla kesilen sesi bize kadar geliyordu.

"Benim suçum değil... Benim suçum değil... Benim suçum değil... Benim suçum değil..."

Evin bütün ışıkları yanmıştı, yarı uykulu yüzler odama daldı.

"Bir karabasandı."

Annem beni kollarına almıştı.

"Bir düşten başka şey değildi, yavrum; bir karabasan..."

Glória, Lalá'ya anlatırken yeniden kusmaya başladım:

"Katil, diye bağırmasına uyandım. Öldürmekten, ezmekten, parça parça etmekten söz ediyordu... Tanrım, ne zaman bitecek bütün bunlar?"

* * *

Birkaç gün sonra her şey bitti. Yaşamaya hükümlüydüm. Yaşamaya! Bir sabah, Glória güler yüzle içeri girdi. Yatakta oturmuş, büyük bir hüzünle hayatı seyrediyordum.

"Bak, Zezé!"

Parmaklarının arasında küçük bir beyaz çiçek tutuyordu.

"Minguinho'nun ilk çiçeği!" dedi. "Yakında büyük bir portakal ağacı olacak, portakallar vermeye başlayacak."

Beyaz çiçeği okşadım. Her ne için olursa olsun, ağlamayacaktım bir daha, Minguinho bu çiçekle bana veda etmeye çalışsa, gerçeklerin ve acımın dünyasına geçmek üzere hayallerimin dünyasından ayrılsa bile ağlamayacaktım.

"Şimdi biraz püre yiyeceksin, yine dünkü gibi evde küçük bir gezinti yapacağız. Hemen geliyorum."

O sıra Kral Luís yatağıma çıktı. Şimdi yanıma gelmesine izin veriyorlardı. Önceleri etkilenmesini istememişlerdi.

"Zezé!"

"Ne var, küçük kralım benim?"

Gerçekten tek kral oydu. Ötekiler, yani sinek, karo, kupa, maça kralları, oyuncuların parmaklarıyla kirlenmiş görüntülerden başka şeyler değildi. Ve öbürü. Gerçekten bir kral olmayı başaramamıştı.

"Zezé, seni çok seviyorum."

"Ben de seni, sevgili küçüğüm."

"Bugün benimle oynar mısın?"

"Evet, bugün seninle oynayacağım. Ne yapmak istiyorsun?"

"Hayvanat bahçesine gitmek istiyorum, sonra da Avrupa'ya. Daha sonra da Amazon ormanlarına gidip Minguinho'yla oynamak istiyorum:"

"Çok yorgun değilsem bunların hepsini yaparız.

Kahve içtikten sonra, Glória'nın mutlu bakışları önünde el ele tutuşup bahçenin ucuna doğru yürüdük. Kümese varmadan geriye döndüm ve ona bir veda işareti yaptım. Gözlerinden mutluluk taşıyordu. O garip gelişmişliğimle, yüreğimden geçenleri kestiriyordum: 'Hayallerine döndü, sana şükürler olsun, Tanrım!'

"Zezé!"

"Hımmm."

"Kara panter nerede?"

Nesnelere inanmadan her şeye yeniden başlamak güçtü. Gerçekten var olan şeyleri ona söylemek istiyordum: 'Küçük budala, kara panter hiçbir zaman olmadı. Çorbasını içtiğin kart bir siyah tavuktan başka bir şey değildi o.'

"İki aslandan başka bir şey yok, Luís. Kara panter, Amazon ormanlarına tatile gitti."

Hayallerini olabildiğince uzun süre korumak daha iyiydi. Küçükken ben de aynı şeylere inanırdım. Küçük kral gözlerini iri iri açtı.

"Şurada, şu ormanda mı?"

"Hayır, korkma. Çok uzaklara gitti, dönmek istese de yolunu hiç bulamayacak."

Acı acı gülümsedim. Amazon ormanı yarım düzine kadar dikenli ve düşman portakal ağacından oluşuyordu.

"Biliyor musun, Luís, Zezé çok güçsüz, dönmek gerek. Yarın daha iyi oynarız. Teleferik oyunu oynarız, ne istersen oynarız."

Başını salladı ve benimle ağır ağır geri döndü. Gerçeği anlayamayacak kadar küçüktü daha. Irmağın, Amazon'un yanına gitmek istemiyordum. Tılsımından yoksun Minguinho'yu seyretmek istemiyordum.

Luís, o beyaz çiçeğin vedalaşmamız olduğunu bilmiyordu.

Çok yaşlı bir ağaç

Haber doğrulandığında hava iyice kararmamıştı. Evimizin ve ailemizin üzerine bir huzur bulutu gelip çöreklenmişti sanki.

Babam elimi tuttu ve herkesin önünde beni dizlerine oturttu. Başımın dönmemesi için koltukta hafif hafif sallanıyordu.

"Her şey bitti, yavrum. Bir gün sen de baba olacaksın; bir erkeğin hayatındaki bazı anların ne kadar acı olduğunu sen de keşfedeceksin. Sanki her tuttuğu elinde kalıyor insanın, bu da büyük bir umutsuzluğa yol açıyor. Ama bitti artık. Baban, Santo Aleixo Fabrikası idare amirliğine atandı. Noel gecesi pabuçların artık hiç boş kalmayacak."

Sustu. O da bunu hayatının sonuna kadar hiç unutmayacaktır.

"Çok yolculuk edeceğiz. Annenin çalışması gerekmeyecek, ablalarının da. Üzerinde Kızılderili resmi olan madalyon hâlâ sende mi?"

Ceplerimi karıştırdım, madalyonu buldum.

"Çok iyi. Başka bir saat alıp madalyonu ona takacağım. Bir gün saat senin olacak..."

"Portuga, carborundum nedir, biliyor musun"!"

Ve babam konuşuyor, konuşuyordu; hiç durmadan.

Yanağıma değen sakallı yanağı canımı acıtıyordu. Yıpranmış gömleğinden gelen koku midemi bulandırıyordu. Dizlerinden aşağı kaydım, mutfak kapısına kadar gittim. Basamağa oturdum, bahçedeki ışıkların sönmesini seyrettim. Yüreğim öfkesiz başkaldırmıştı. 'Beni dizlerine oturtan bu adam ne istiyor? Benim babam değil o. Benim babam öldü. Mangaratiba onu öldürdü.'

Babam arkamdan gelmişti, yeniden gözlerimin yaşlarla dolu olduğunu gördü.

Benimle konuşmak için neredeyse diz çöktü.

"Ağlama yavrum. Çok büyük bir evimiz olacak. Tam arkasından gerçek bir ırmak geçiyor. Bir sürü ağaç var, kocaman kocaman, hepsi senin olacak. Salıncaklar yapabileceksin."

Anlamıyordu. Anlamıyordu. Hiçbir ağaç, Kraliçe Charlotte kadar güzel olamayacaktı.

"Ağaçları herkesten önce sen seçeceksin."

Ayaklarına bakıyordum, parmakları terliklerinden dışarı çıkıyordu. Bir ağaçtı o. Ama neredeyse hiç tanımadığım bir ağaç.

"Bir şey daha var: Küçük şekerportakalı fidanını hemen kesmeyecekler, kesildiğinde de sen çok uzaklarda olacaksın, fark etmeyeceksin bile."

Hıçkırarak bacaklarına sarıldım.

"Bu artık bir şeye yaramaz, baba; hiçbir şeye yaramaz..."

Benimkiler gibi yaşlarla dolan gözlerine bakarak bir ölü gibi mırıldandım:

"Onu kestiler bile, baba; benim küçük şekerportakalı fidanım kesileli bir haftadan çok oluyor."

SON İTİRAF

Yıllar geçti, sevgili Manuel Valadares. Şimdi kırk sekiz yaşındayım ve zaman zaman, özlemimde, hep bir çocuk olduğum izlenimine kapılıyorum. Birden ortaya çıkıverecekmişsin, bana artist resimleri ve bilyeler getirecekmişsin gibi geliyor. Hayatın sevilecek yanlarını bana sen öğrettin, sevgili Portuga'm. Şimdi bilye ve artist resmi dağıtma sırası bende, çünkü sevgisiz hayatın hiçbir anlamı yok. Ara sıra sevgimle mutluyum, ara sıra da yanılıyorum; bu daha sık oluyor.

O çağlarda, bizim çağımızda yani, yıllar önce bir Budala Prens'in, mihrabın önünde diz çökmüş 'Budala'nın, gözleri yaşlarla dolarak ikonlara şunu sorduğunu bilmiyordum:

"OLUP BİTENLERİ ÇOCUKLARA NİÇİN ANLATMALI?"

Gerçek, sevgili Portuga'm; bunları bana çok erken anlatmış olmalarıdır.

Hoşçakal!

Ubatuba, 1967

SON